DuMont's Kriminal-Bibliothek

dies ist Band III

Henry Fitzgerald Heard, 1889–1971. Studium in Cambridge, 1930–1934 Rundfunkkommentator bei der BBC. 1937 Emigration in die USA. Er veröffentlichte unter dem Namen Gerald Heard zahlreiche Bücher über historische, religiöse und sozialwissenschaftliche Themen. Als Henry Fitzgerald Heard wurde er durch drei Kriminalromane berühmt, in denen Sherlock Holmes unter dem Pseudonym Mycroft auftritt.

In der DuMont's Kriminal-Bibliothek sind bereits erschienen: »Die Honigfalle« (Band 1009) und »Anlage: Freiumschlag« (Band 1023).

Herausgegeben von Volker Neuhaus

Henry Fitzgerald Heard

Das Geheimnis der Haarnadel

DUMONT

Für Michael

Die Deutsche Bibliothek - CIP-Einheitsaufnahme

Heard, Henry F.:
Das Geheimnis der Haarnadel / Henry Fitzgerald Heard.
Aus dem Engl. von Manfred Allié. - Köln: DuMont, 1995
(DuMont's Kriminal-Bibliothek; Bd. 1056)
ISBN 3-7701-2007-8
NE: GT

Umschlagmotiv von Pellegrino Ritter
Aus dem Amerikanischen von Manfred Allié

Die Originalausgabe erschien unter dem Titel »The Notched Hairpin« bei Vanguard Press, Inc., New York, N. Y., als Nachdruck einer Novelle der Encyclopedia Sherlockiana von Jack Tracy mit freundlicher Genehmigung von Doubleday & Co., © by Jack Tracy
Satz: Boss-Druck, Kleve
Druck und buchbinderische Verarbeitung: Clausen & Bosse GmbH, Leck

Printed in Germany ISBN 3-7701-2007-8

Inhalt

Kapitel I

Die Backstein-Zwillinge

Nicht anfassen.«

»Das wollte ich ja gar nicht! Und wenn ›Takt‹ und ›taktil‹ vom gleichen Wort stammen, dann würde Ihnen wohl ein kleinwenig mehr davon gut zu Gesichte stehen!«

»Ich bin gern bereit, mich im voraus zu entschuldigen, daß ich so vorsichtig bin, aber, sehen Sie, das ist eine ganz besondere Kostbarkeit.«

»Das sehe ich keineswegs. Was ich sehe, ist ein ganz alltäglicher Gegenstand. Aber ich bin bereit, Ihre Entschuldigung anzunehmen.«

Jawohl, es war eine der üblichen Silchester-Mycroft-Streitereien. Das Streitobjekt war mit der Vormittagspost gekommen. Ich hatte mich nicht weiter darum gekümmert, bis Mr. M., nachdem er seine sämtlichen Briefe gelesen hatte, sich der kleinen Schachtel zuwandte - die Art von Schachtel, in der man eine Armbanduhr verschickt. Da ich meine Zeitung ausgelesen hatte, machte ich mir das Vergnügen zuzusehen, wie er zu Werke ging - es war, als nähere er sich mit aller Vorsicht einer unbekannten Art von Fliege im Netz. Nachdem er die Schachtel geöffnet und eine Weile hineingestarrt hatte, holte er das berufsübliche Vergrößerungsglas hervor, und dann endlich wurde ich zu Rate gezogen. Ich konnte nicht anders, all diese rituellen Präliminarien der Detektivarbeit amüsierten mich. Denn ich brauchte nur einen einzigen Blick hineinzuwerfen, da drängte sich mir schon der Schluß auf, daß die Sache mit dem Vergrößerungsglas entweder ein purer Reflex war oder eine ihm selbst nicht ganz bewußte Schauspielerei. Was in dem

Schächtelchen lag, sorgfältig in Watte gebettet, war ein ganz gewöhnliches kleines Papiermesser aus irgend einem billigen Metall. Es war ein Messer von der Art, die, als spanisches Kunstgewerbe bei zweitklassigen Inneneinrichtern (ein Volk, für das ich, gelinde gesagt, sehr wenig übrig habe) der letzte Schrei war, da es als ein *objet d'art* galt, das zu den goldgeprägten Ledermöbeln und den schmiedeeisernen Gittern paßte! Vielleicht hatte ich aus Höflichkeit ein gewisses Interesse angedeutet, das ich natürlich nicht wirklich verspürte, und für diese meine Geste des Entgegenkommens war ich nun brüsk vor den Kopf gestoßen worden. Und wenn man sich Mühe gegeben hat, Aufmerksamkeit zu heucheln, dann ist es ärgerlich, wenn man dafür den Vorwurf zu hören bekommt, man mische sich ein. So vermochte denn auch Mr. M.s Beteuerung »Aber es ist wirklich hochinteressant!« meine Kränkung nicht mehr zu lindern.

Nachdem das Geplänkel mit einem so leichten Geschütz wie dem Vergrößerungsglas mich nicht hatte beeindrucken können, fuhr er nun schwere Artillerie auf, um meine Neugier zu wecken. Das furchterregende Mikroskop kam hervor, mich zu belehren, wie mit solchen Schätzen umzugehen sei - das *objet,* gewiß nicht *d'art,* wurde mit einer Pinzette aus der Schachtel gehoben und gründlich von Kopf bis Fuß untersucht. Endlich, als es auf dem heiligen und reinen Objektträger des Mikroskopes lag, gestattete Mr. M. sich die Freiheit, seinen Griff mit einer Stecknadelspitze zu berühren und mit ganz besonderer Sorgfalt das Staubkorn zu examinieren, das sich daran verfangen haben mochte, bevor es den Rang eines ›Beweisstücks‹ angenommen hatte. Dann, um zu sehen, ob mich dieses Schauspiel bereits in einen Rausch der Neugier versetzt hatte, blickte er auf und nickte. Ich sah keinerlei Veranlassung zurückzunicken. Er begriff nun offenbar, daß ich nicht versöhnt war, ließ die Schachtel zuschnappen, trug sie fort wie das Reliquiar eines jüngst begrabenen Heiligen und schloß sie in seinem Schreibtisch ein. Dann endlich schien ihm zu Bewußtsein zu kommen, daß er mit meinem Versuch, ihm Höflichkeit zu erweisen, sehr nonchalant verfahren war, und wandte sich mit seiner einschmeichelndsten Stimme an mich:

»Wissen Sie was, ich glaube, wir könnten beide einen kleinen Sommerurlaub brauchen. Ich habe mich in den letzten Tagen mit Anzeigen für Häuser beschäftigt, die im August zu vermieten sind und habe zwei im Auge, die beide genau das Richtige für uns sein sollten.«

Als ich das hörte, ›spitzte ich die Ohren‹, wie meine Amme zu sagen pflegte. Und dann fügte der verschlagene alte Bursche noch hinzu: »Die beiden, von denen ich hoffe, daß Sie mit mir zusammen einen Blick darauf werfen werden, sind, wenn ich es recht verstehe, Zwillinge - das heißt, sie wurden beide vom selben Architekten im selben Jahr errichtet - ich nehme an, daß sie sich vollständig gleichen. Der Erbauer hat, wie ich höre, die Jahreszahl auf beiden anbringen lassen - 1760.« Da konnte ich nicht anders, meine Anspannung verflog, und lammfromm antwortete ich: »Wunderbar! Gerade zwischen Regency und Empire, zwischen der Strenge des Queen-Anne-Stils und der kargen Eleganz der Gebrüder Adam - da darf man auf einen wohlausgewogenen Geschmack hoffen.«

Ja, meine gute Laune war so weit wiederhergestellt, daß ich bereitwillig einen kleinen improvisierten Essay über das Thema ›1760 als Jahr der stilistischen Ausgewogenheit in der englischen Architektur‹ einfließen ließ. Und Mr. M. schien tatsächlich geneigt, mir zuzuhören, doch dann, als wiederum mein Schlüsselwort ›ausgewogen‹ fiel, schoß er herum, sprang an seinen Schreibtisch, riß das Schächtelchen aus der Schublade hervor, worin er es eingeschlossen hatte, und ohne im geringsten noch weiter auf das Wissen, das ich ihm hätte vermitteln können, zu achten, drehte er den kleinen Sarkophag andachtsvoll in Händen, und ließ den Gegenstand, der darin verborgen gewesen war, auf das Tischtuch gleiten. Dann ergriff er ein Messer und begann mit Tafelmesser und Papiermesser als riesenhaften Stäbchen ein linkisches Mikadospiel zu spielen, bei dem er das letztere mit der Klinge des ersteren aufzuheben versuchte. Er erwies sich als ausgesprochen ungeschickt bei diesem reichlich albernen Zeitvertreib. Doch endlich, nach einer Anzahl von Versuchen, gelang es ihm, das Präsent, das er per Post erhalten hatte, mehr schlecht als recht auf der Klinge des Tafelmessers zu balancieren.

»Schauen Sie«, sagte er.

Natürlich gab es nichts zu sehen, zumindest nichts, dem man hätte applaudieren müssen.

»Fällt Ihnen etwas auf?« fragte er dann, und alles, was er auf meine ehrliche Antwort »Nein« entgegnete, war: »Ich habe mir schon oft überlegt, wie praktisch es wäre, wenn es solche Messer und Gabeln gäbe, nicht wahr?«

Auf mein automatisches »Was für Messer und Gabeln?« antwortete er: »Besser ausgewogene, mit einem Schwerpunkt, der nicht im Griff, sondern im vorderen Ende liegt, so daß sie nicht vom Teller fallen.«

Das ganze Thema war so banal und langweilig, und ich konnte mich des Gedankens nicht erwehren, daß er es vielleicht mit Absicht aufgebracht hatte, um meinen durchaus großzügigen Versuch zu unterlaufen, auf sein Friedensangebot hin ein Gespräch anzuknüpfen, aus dem er wirklich etwas hätte lernen können, so daß meine Geduld von neuem stark nachließ, und um weiteren Provokationen aus dem Wege zu gehen, fragte ich: »Dürfte ich vielleicht etwas mehr über diese beiden Häuser erfahren?«

Und um ihm zu zeigen, daß es mir Ernst mit dem war, was ich sagte, erklärte ich mich auf seine Antwort »Aber ja, es gibt keinen Grund, warum wir nicht schon heute hinausfahren und sie uns ansehen sollten« wiederum zu allem bereit.

So kam es, daß keine Stunde verging, bevor wir im Zug saßen. Denn wenn es Mr. M. beliebt zu handeln, dann kann er das mit einer Schnelligkeit und Präzision tun, um die ich ihn oft nur beneiden kann. Als wir es uns im Abteil bequem gemacht hatten und noch eine halbe Stunde Zeit blieb, bis das Mittagessen serviert wurde, zog er aus seiner Reisetasche einen Band Milton, und mir reichte er eine hübsche kleine Ausgabe von Housmans Gedichten.

»Wir fahren in eine Gegend, die diese beiden Dichter besungen haben. So will ich denn als der ältere von uns beiden *Comus* lesen und den träumenden Wassern der *Sabrina fair* nachsinnen, und Sie, der Sie im gleichen Alter sind, in dem auch der Verfasser war, können den Bredon Hill mit einem *Shropshire Lad* erklimmen

Und lauschen der Lerchen Stimmen
Rings um uns in den Himmeln.«

Es war vielleicht vierzig Minuten nach dem Mittagessen - genau die Zeit, zu der die Verdauung jenen Punkt erreicht, zu dem ein wenig Bewegung angezeigt ist -, als Mr. M. sich erhob, seinen Koffer herunternahm und sagte: »Am Bahnhof wird ein Kommissar uns erwarten.«

»Ein Kommissar?« rief ich fragend aus. »Warum dem Naheliegenden so sehr aus dem Weg gehen, daß Sie ihn nicht, wie alle Welt es tut, einen Makler nennen?«

Er lächelte über diesen Tadel und antwortete mir in ebenso gutmütigem Ton: »Finden Sie nicht auch, daß das Wort ›Makler‹ ein wenig geheimnistuerisch klingt, jedenfalls zu bindend, womöglich sogar finster? Wohingegen ›Kommissar‹ uns zu nichts verpflichtet? Wir brauchen das Haus nicht zu nehmen, wenn Sie auch nur im geringsten den Eindruck gewinnen, daß es nicht das Richtige für Sie wäre.«

Zuvorkommender konnte man nicht sein, und ich beeilte mich ihm zu versichern, daß ich nach allem, was ich über das Haus gehört hatte, sehr geneigt sei, die Verhandlungen ohne weitere Komplikationen zum Abschluß zu bringen.

»Nun«, sagte er, als der Zug sein Tempo zu verringern begann, »jedenfalls werden wir ein interessantes Stück besichtigen - wie die Sachverständigen im Museum alles zu nennen pflegen, was eher der Vergangenheit als der Gegenwart angehört.«

Am Bahnhof näherte sich Mr. M. ein besonnen wirkender Mann. Da nur zwei Reisende, die offensichtlich Bauern waren, und drei Damen unbestimmbaren Alters mit uns aus dem Zug gestiegen waren, bedurfte es für den Mann keines großen Scharfsinns, uns zu erkennen. Er geleitete uns hinaus, wo uns ein entzückendes Museumsstück von einem Landauer erwartete - ganz, wie man ihn sich vorstellt, mit ausgebleichten, mottenzerfressenen Polstern, die einmal königsblau gewesen waren, und alten, mit Quasten verzierten Bändern aus geprägtem Leder, mit denen man die gläsernen Fensterscheiben hinaufziehen konnte, wenn das rissige lacklederne Verdeck zum Schutz gegen den Regen aufgezogen wurde.

Doch heute war ein prachtvoller Tag, und ich stellte mir vor, ich sei der Großherzog von Baden und reise mit meinem Stallmeister und meinem Leibarzt zur Kur an, und genoß die Fahrt durch die Straßen des altertümlichen Städtchens außerordentlich. Mr. Mycroft, der unbewußt in die Rolle des Hofarztes schlüpfte, die ich ihm zugedacht hatte, unterhielt mich, die königliche Hoheit, mit der Bemerkung: »Twibury ist ein entzückendes Städtchen. Es gibt eine Heilquelle hier. Links sehen Sie den Turm der größtenteils angelsächsischen Kirche mit den typischen Mauerecken aus langen und kurzen Steinen und den symmetrisch angeordneten Fensterschächten im Turm, und in der Stadt selbst finden wir einige ausgesprochen gelungene Beispiele für Wohnarchitektur aus der Mitte des achtzehnten Jahrhunderts.«

All das hätte mich gelangweilt, hätte ich es außerhalb meiner Rolle wahrgenommen, doch nun, da ich mich in meinem Tagtraum als deutscher Duodezfürst fühlte, harmonierte es so vortrefflich mit dem ganzen Gedankengebäude, daß ich mich schon fast in das Städtchen verliebt hatte.

Als wir dann durch blühende Obstgärten hindurch einem schönen, stattlichen Backsteinhaus zustrebten, wo harmonische Steinstufen zu einer von Säulen gerahmten und von einem Oberlicht gekrönten Haustür führten, da erübrigte es sich, in dem fein gearbeiteten eisernen Gitterwerk, welches im Bogen die Treppe überspannte und ein Nest schuf, in dem die Flurlampe sich niederlassen konnte, die Jahreszahl »1760« überhaupt zu entziffern.

Als der Wagen zum Stehen kam, wandte ich mich Mr. M. zu und sagte: »Mein Herz ist jetzt schon gewonnen. Wir können so lange bleiben, wie es Ihnen gefällt.«

Ich hätte wissen müssen, daß er mir widersprechen würde, und ich konnte mich des Eindrucks nicht erwehren, daß sein »Warten Sie lieber noch«, darauf abzielte, mich aus einem Traum zu reißen, von dem er wohl bemerkt hatte, daß ich ihn genoß. Es war ja offensichtlich, daß es immer weniger gab, was noch abzuwarten war, und immer weniger Grund bestand, damit zu zögern, aus der reichlich beengten Wohnung, die wir uns gemeinsam in London genommen hatten, herauszukommen in diese - um jemanden zu zitieren, ich weiß nicht mehr wen - »freie, heit'rere Luft«. Denn als wir, nachdem sich unser Begleiter uns angeschlossen hatte, die Stufen emporstiegen, öffnete sich die Tür. Ein ausgesprochen tüchtiges Dienstmädchen stand dort - das erkannte ich sofort, denn ich habe einen Blick für Dienstmädchen. Und mein Urteil bestätigte sich mit jedem Schritt, den wir jenseits der Schwelle machten: das Messing war wie Gold; das Mahagoni wie Schildpatt; das Silber glitzerte wie Quecksilber; nirgends ein Staubkorn, geschweige denn auch nur ein Spinnenfädchen; der Chintz vor kurzem geglättet, noch neu und steif, aber nicht abweisend.

Als wir von der Eingangshalle zum Eßzimmer gingen, war selbst Mr. M. beeindruckt und höflich genug zu sagen: »Wie wunderbar poliert die Holzflächen alle sind.« Das Mädchen strahlte vor Stolz; doch dann, nicht damit zufrieden, ihr eine Freude gemacht zu haben, mußte er alles verderben, indem er ein absurd übermäßiges Interesse an den Tag legte. Er beugte sich hinunter und inspizierte den Flügel, an dem wir vorbeikamen.

»Sie arbeiten wohl mit einem dieser neuen Wachse, nicht wahr?«

»Oh ja, Sir! *Blitzblank* ist einfach wundervoll!«

»Dann wollen Sie nichts mehr von Ölen oder Harzen wissen!«

»Oh nein, Sir, das hat immer solche Arbeit gemacht, und wenn man sich noch so viel Mühe gab, stand man am Ende da und konnte sich nie darauf verlassen, daß der Glanz auch wirklich hielt; ich würde nie wieder mit diesen alten Sachen arbeiten, die lasse ich überhaupt nicht mehr ins Haus, überhaupt nicht!«

Er hatte, wie immer, wenn er leichthin und aus einer unverbesserlichen Gewohnheit, sich in alles einzumischen, auf ein abseitiges und durch und durch langweiliges Thema zu sprechen kam, eine Flut vollkommen belangloser technischer Informationen freigesetzt. Er ermutigte sie nicht mehr weiter, doch es war zu spät - die Expertin in ihr hatte Blut geleckt, oder besser gesagt Harz oder Wachs oder was immer es war, was ihren Appetit weckte und ihr die Zunge löste. Sie folgte uns dreien, als wir uns durch das Eßzimmer zu einem stattlichen großen Fenster begaben, das uns über einige weitere Treppenstufen den Weg in den Garten eröffnete. Wir schritten die Stufen hinab, ich nahm an, um uns einen allgemeinen Eindruck von der rückwärtigen Ansicht des Hauses zu verschaffen.

Der Garten war ebenso bezaubernd wie das Haus. Er entstammte derselben Epoche, und nichts hatte ihn verdorben. Es gab Alleen aus ineinander verflochtenen Buchen, deren Knospen eben aufsprangen, deren helles Grün sich abhob von einem massiven Hintergrund aus kurzgeschnittenen Eiben, und dahinter wiederum, als Umrahmung des Ganzen, eine prächtige hohe Backsteinmauer mit einigen außerordentlich vielversprechenden Pfirsichbäumen, die in voller Blüte standen. Am Ende glaubte ich, einen Fischteich mit einer Statue oder zweien auszumachen, während zur Rechten dieser lieblichen, abgeschiedenen Fläche der einzige Zugang von draußen lag, eine solide grüne Tür, still und verschlossen.

Ich stand noch auf der obersten Treppenstufe und ließ meinen Blick über all das schweifen, was ich bereits als meinen persönlichen Garten für den Sommer ansah, als ich bemerkte, daß Mr. M., der Mann, den er als Kommissar zu bezeichnen beliebte, und das Dienstmädchen, das wohl hoffte, noch weitere technische Hinweise zum Thema Möbelpolitur anbringen zu können, an der untersten Stufe stehengeblieben waren. Dort trafen sich die von den verflochtenen Buchen begrenzten Gänge und bildeten eine Art Laube. Sie betraten dieses kleine Gemach, und ich folgte ihnen. Kein Zweifel, das Innere war bezaubernd, und mein Gefühl der Verbundenheit verstärkte sich noch – denn hier hatte ich offensichtlich die Stelle vor Augen, an der ich sitzen und an jenem ausgesprochen profunden Essay mit dem Titel ›1760, der Höhepunkt des englischen Geschmacks‹ arbeiten würde. Es war ein Ort, der wie geschaffen war für eine solche Arbeit, denn in diesem kleinen, abgeschlossenen Raum, abgeschirmt vom Haus und abgeschirmt fast vom gesamten Garten, befand sich ein *sanctum sanctorum,* das als eine Art Schrein hergerichtet war. Ich spürte, daß es dem Besitzer als solcher gedient haben mußte, denn es gab einen wunderbaren steinernen Sitzplatz, mit hübschen Steinmetzarbeiten aus halbmarmornem Hopton-Wood-Stein verziert, die vom Alter und einem leichten Flechtenbewuchs noch betont wurden, so daß es beinahe nach Moosachat aussah. Dieser elegante Sitzplatz wurde rechts und links von steinernen Tischen aus dem gleichen Material flankiert, und beiderseits blickten, aus einem Marmor, der inzwischen ebenfalls eine elegante enteneigrüne Färbung angenommen hatte, Büsten zweier Größen aus dem griechischen Altertum herab. Ich spürte in meinem Innersten, daß ich an den Ort gelangt war, an den ich gehörte. Hier war ein Platz, der so offensichtlich bereit war, daß ich so wenig wie ein Vogel es sich nehmen lassen wird, in ein fertiges Nest ein Ei zu legen, zu bezweifeln brauchte, daß hier die Umgebung gefunden war, in der meinem schöpferischen Ich ein Meisterwerk gelingen mußte!

Kapitel II

Des Inspektors »Wer?«

Ich war eben im Begriff, auf diesem Throne Platz zu nehmen – und ich war sicher, er würde sich ebenso gut anfühlen, wie er aussah –, um zu sehen, wie die Inspiration dort floß, als der Grundstücksmakler, der bis dahin kaum ein Wort gesprochen hatte, die Stimme erhob.

Ich verspürte, was ja nicht verwunderlich war, eine gewisse Ungeduld. Schließlich stand zu befürchten, daß dieser Mann der Grundbücher, Mieten und Kleinanzeigen mir meine bedingungslos anerkennende Stimmung mit Verkaufsargumenten wie ›interessante Anlage‹ und ›pittoreske Atmosphäre‹ halb wieder verderben würde. Doch wie groß war meine Überraschung, ja mein Entsetzen, als das, was er tatsächlich sagte, sich als so unangemessen erwies, daß im Vergleich dazu die abgegriffensten Klischees des aufdringlichsten Immobilienhändlers angemessener erschienen wären – und trostreicher! Was er sagte, war nicht nur in hohem Maße beunruhigend, sondern überdies durch und durch unvereinbar mit allem, was von einem Grundstücksmakler zu erwarten man ein Recht hat. Mir war, als versänke ich in einem jener Alpträume, in denen Kommoden sich allmählich in schwatzhafte und gefräßige Drachen verwandeln.

»Hier lag die Leiche. Als er sich erstach, stürzte er natürlich zu Boden.«

Mr. Mycrofts Frage »Sind Sie sich Ihrer ... Diagnose sicher?« beantwortete dieser sich so durch und durch unangemessen benehmende Mensch nicht.

Ein weiterer Ton des Abwegigen und Bedrohlichen kam hinzu, weiter verdüsterte sich die Wolke, die so unvermittelt über meinem sonnigen Tag aufgezogen war, als die Stimme des wunderbar züchtigen und fleißigen Dienstmädchens die Geschichte aufgriff und sagte: »Verzeihung, Sir, Mr. Sankey - er wurde ermordet. Ich will nicht sagen, daß er ein Mensch war, den man geliebt oder bewundert hat, aber bei aller Achtung vor den Toten und allem Respekt gegenüber den Lebenden, er wurde ermordet, und ich weiß es. Und ich finde, daß man auf die Sicherheit der Lebenden bedacht sein sollte und ihnen nicht wider besseres Wissen und wider alle Vernunft erzählen sollte, daß es ein ganz gewöhnlicher Selbstmord war, wie ihn jeder von uns begehen kann, wenn er eine schwere Grippe hinter sich hat oder unglücklich verliebt ist.«

Auf mich wirkte dieser Ausbruch verwirrend, doch auf die beiden anderen schien er keine solche Wirkung zu haben. Sie schienen so wenig überrascht wie Bileam, als sein Esel sprach, und ließen sich, um die Parallele zu diesem exzentrischen, wenn auch couragierten Propheten noch weiter fortzuführen, in eine leichtfertige Plauderei mit derjenigen ein, die sie so unvermittelt unterbrochen hatte.

»Also, Jane«, sagte der Makler so lässig, als fordere er einen Kumpan vor dem Kamin dazu auf, eine Geschichte, die er erzählt, zu Ende zu bringen, »erläutern Sie dem Herrn hier Ihre Theorie.«

»Von Theorien und solche Sachen, Sir, wenn ich so sagen darf, davon verstehe ich nichts. Das überlasse ich denen, die sich mit sowas auskennen -«, und damit warf sie Mr. M. einen Blick zu, der ihn, der ja mit Gewißheit bereits ihr Herz gewonnen hatte, auf ihre Seite bringen und den Rivalen schmähen sollte, der ihre Hoffnung auf einen aufregenden Mordfall als unbegründet abgewiesen hatte.

Mit einem Schnaufen fuhr sie fort. »Ich vertrau' auf meine fünf Sinne und nicht auf Theorien, und bis zum Jüngsten Tag wird mich nichts davon abbringen, nicht einmal der Jüngste Tag selbst, daß der arme Mr. Sankey - und so darf man ihn ja jetzt wohl nennen, ganz gleich was er war, bevor er ermordet wurde - daß der arme Mr. Sankey ermordet wurde, und nicht nur das -« und hier schien sie zu spüren, wie die Rolle der großen Tragödin mit all ihrem

Prunk in greifbare Nähe gerückt war –, »sondern direkt hier vor meiner Nase sozusagen.«

Mr. M.s erregten Ruf: »Wollen Sie damit sagen, daß Sie wirklich – denn wir haben es hier, wie Sie ganz richtig sagen, mit einer Tatsache zu tun und nicht mit Theorie – Zeugin des Mordes wurden?« quittierte sie, wie sie es, dessen bin ich gewiß, bei uns beiden anderen niemals getan hätte, mit einem kalten Lächeln des Triumphes.

»Nein, aber so gut wie. So gut, als hätte ich den Mörder mit eigenen Augen eintreten sehen und mit eigenen Ohren gehört. Ich war dabei, oben im Eßzimmer, durch das ich Sie eben geführt habe. Ich deckte eben für das Mittagessen des armen Mr. Sankey auf und war gerade am Fenster, da hörte ich plötzlich, wie die Gartentür quietschte oder knarrte. Ich werde es Ihnen gleich selbst vorführen, wenn ich mir gestatten darf, das vorzuschlagen, und kein Öl der Welt wird sie jemals davon abhalten, das kann ich Ihnen versichern. ›Verflixt und zugenäht‹, sage ich zu mir selbst, ›da kommt der Müllmann, um die abgeschnittenen Zweige zu holen.‹«

»Was für Zweige?« fragte Mr. Mycroft mit seiner merkwürdigen Vorliebe, weitschweifige Redner zu noch größerer Weitschweifigkeit zu ermuntern.

Natürlich nahm sie sich mit Freuden dieser Frage an, und die Bande ihrer Freundschaft festigten sich noch. »Na, schließlich war es ja ziemlich prompt – ich weiß noch, daß ich das dachte –, daß der Müllmann so schnell kam. Denn die Bäume waren erst am Tag zuvor beschnitten worden. Erst am Tag zuvor war Mr. Millum – also, das ist ein feiner Herr, ein Gentleman, einer von denen, denen es immer gleich auffällt, wenn ein Haus ordentlich geführt wird. Und er hat allen Grund, dieses hier zu beneiden; ich darf das ja eigentlich nicht selbst sagen, das gehört sich nicht, aber Mrs. Sprigg drüben, die für ihn sorgt – obwohl ich weiß Gott nichts gegen sie habe, nur daß sie lieber ein Schwätzchen hält als ihre Arbeit tut – na ja, sie hat weder die Zeit noch das Geschick, das Haus drüben so in Schuß zu halten, wie dieses hier, ihr Mann ist ja schon lange kränklich, und dazu noch ...«

Doch das, dem Himmel sei Dank, war selbst für Mr. Mycroft zuviel. Nicht ungeschickt dämmte er dieses sich immer weiter verzweigende Delta von Reminiszenzen ein, indem er sie an den Hauptstrom und ihren Ausgangspunkt zurückführte.

»Mr. Millum, sagen Sie?«

»Oh ja. Mr. Millum kam vorbei, wie er das immer tut, oder vielleicht sollte ich sagen, er wurde hergebeten. Denn der arme Mr. Sankey mochte das, auf seine Weise. Wie manche Katzen, wenn man sie streichelt, wollen, daß man weitermacht, und einen womöglich kratzen würden, wenn man es nicht täte, aber sie würden's sich ums Verrecken nicht, wie meine Mutter immer zu sagen pflegte, die ein wenig grob in ihrer Ausdrucksweise war, sie würden sich's ums Verrecken nicht anmerken lassen.«

Ich fürchtete schon, als nächstes käme nun ländliche Naturkunde, erläutert am Beispiel der Lebensgewohnheiten der gemeinen Hauskatze. Doch Mr. Millum kam wieder an die Oberfläche, und mit ihm lebten meine zusehends nachlassenden Hoffnungen auf.

»Als ich Mr. Sankey seinen Morgentrunk brachte, da sagte Mr. Millum gerade, daß die Laube unbedingt zurückgeschnitten werden müßte – weil sie sonst zu breit an den Seiten würde und überwachsen am Dach. Und es war nicht zu übersehen, daß Mr. Sankey das selbst wollte, auf seine Weise. Mr. Sankey haßte es, wenn irgend eine Arbeit in seiner Nähe getan wurde. Andererseits haßte er aber auch die Vorstellung, daß er vom Hause aus gesehen werden könnte. Deshalb mochte er die Laube hier. Oh, er war ein eigenbrötlerischer Mensch. Hier konnte er sitzen, und keiner von uns konnte ihn sehen, von keinem einzigen Fenster aus. Deshalb habe ich nicht wirklich sehen können, wie der arme liebe Herr ...« (durch seinen tragischen Tod hatte sich ihr zu Lebzeiten offensichtlich ungeliebter Herr ein Anrecht auf melancholische Zuneigung erworben) »erstochen wurde. Also, Mr. Millum beharrte darauf, daß die Laube, so wie sie war, kaum noch zu gebrauchen sei, und daß man einen Gärtner kommen lassen solle, um die Zweige zurückzuschneiden. Mr. Sankey zeterte wie ein rostiges Gartentor, daß er genug von der Laube habe. Er würde sich ohnehin bald einen anderen Platz suchen – obwohl sogar ein Einäugiger hätte sehen können, daß er nirgendwo sonst im Garten einen so schönen Sitzplatz finden würde. Mr. Millum war so geduldig und erklärte ihm, wie einfach das mit dem Zurückschneiden ginge, und wie schnell dazu, und dann könne er seinen abgeschiedenen Ort behalten und hätte noch die Sonne dazu. Und dann sagte Mr. Sankey mit einer Miene so sauer wie schlechtgewordene Milch (obwohl das ja nun weiß Gott nichts Seltenes bei ihm war): ›Nun, wenn Ihnen so viel daran liegt, daß ich bleibe, wo ich bin, und trotzdem abgeschirmt bin, dann machen Sie es selbst!‹

Als ich ging, waren sie noch zusammen. Doch einige Minuten später begegnete mir Mr. Millum in der Halle, der gute, freundliche Mann, und sagte, daß er nach dem Mittagessen wiederkommen und sich an die Arbeit machen werde, und er werde darauf achten, alles ordentlich zu hinterlassen und keinen Zweig und kein Blatt hinein auf meine Teppiche zu tragen. Und er hielt sein Versprechen – wie immer. Und da war er nun, schnibbelte und schnitt den ganzen Nachmittag an dem Eckchen, bis es, wie Sie ja selber sehen können, so ordentlich getrimmt war, als sei es beim Friseur gewesen, und, das brauche ich ja kaum noch hinzuzufügen, nach allem was ich schon gesagt habe, es kam kein Blatt und kein Zweig und keine alte Bucheckernhülse – und Sie wissen ja, wie die an den Teppichen kleben, wenn sie einmal drin sind – ins Haus, auf keinen einzigen meiner Teppiche!«

Vielleicht gewann selbst Mr. M. den Eindruck, daß diese Erzählweise zu weitschweifig war. Jedenfalls suchte er Schutz vor ihrer Flut oder ihrem Tosen, indem er sich in den prachtvollen steinernen Sessel sinken ließ, in dem ich mich schon schreibenderweise gesehen hatte, dem jedoch nun – ich konnte nicht anders, als es so zu empfinden – die unerfreuliche Aura seines unangenehmen vormaligen Besitzers und dessen unangenehmer letzter Sitzung dort anhaftete. Doch Mr. M. lehnte sich ganz entspannt zurück und schien lediglich in aller Muße die ineinander verflochtenen Zweige zu mustern, die sich über uns wölbten; dann und wann legte er den Kopf ein wenig schief, vielleicht in der Hoffnung, ein Vogelnest zu erspähen, denn die Vögel waren geschäftig dort oben zu Gange, wie sie es im Frühling stets zu sein pflegen.

Doch Jane war nicht auf ungeteilte Aufmerksamkeit angewiesen, um fortzufahren.

»Am nächsten Morgen trug Mr. Sankey mir beim Frühstück auf, ich solle Mrs. Sprigg Bescheid geben, daß er Mr. Millum um Punkt elf Uhr zu sprechen wünsche. Nun, bei aller Liebe zur Pünktlichkeit - wenn ich von jemandem so eine Aufforderung bekäme, dann würde mich das bestimmt zu spät kommen lassen, das kann ich Ihnen versichern, so ist nun mal die menschliche Natur. Aber ob Sie's glauben oder nicht, als ich hier über den Flur ging und es elf schlug - denn *ich* mußte schließlich pünktlich sein, ob mir das nun paßte oder nicht -, da stand der gute Mr. Millum vor der Tür. Ich stellte mein Tablett ab, auf dem ich Mr. Sankeys heiße Schokolade, das kleine Schälchen Sahne und die winzige Phiole mit Vanille hatte, und ließ ihn ein. Dann nahm ich mein Tablett wieder auf, und er, perfekter Gentleman, der er nun einmal ist, öffnete die Türen für mich. Und so kam es, daß wir beide zusammen hier zu Mr. Sankey herauskamen. Mr. Sankey, das haben Sie sich inzwischen wohl zusammengereimt, bedankte sich niemals für etwas. Alles was er sagte, als wir beide herauskamen, war: ›Stellen Sie das Tablett hierhin!‹ Und während ich alles so anordnete, wie es ihm gefiel - und was ihm gefiel und was nicht, das konnte niemand wissen, der nicht für ihn arbeitete -, stand Mr. Millum freundlich und geduldig dabei, er plauderte einfach nur und war guter Laune. Er warf einen Blick auf die Laube, die er beschnitten hate, doch da er nur zu gut wußte, daß er keinen Dank zu erwarten hatte (denn, wie meine irische Großmutter immer zu sagen pflegte, ›Was kann man von einem Schwein schon anderes erwarten als ein Grunzen?‹), kam er mit mir zurück ins Haus, und ich begleitete ihn zur Tür und ließ ihn hinaus.

Und dann ...«

Jane senkte die Stimme, als sie zum emotionalen Höhepunkt ansetzte, der nun offenbar bevorstand: »Und dann ... ich komme hier herein, bin bester Laune, und es ist ein wunderschöner Tag. Ich komme bis hier zu diesem Fenster« - das historische Präsens der Seherin hatte sich ihrer nun bemächtigt –, »und ich will eben hinaus und die Treppe da hinuntergehen, um Mr. Sankey, weil ich sehe, was für ein schöner Tag es ist, zu fragen, ob er sein Mittagessen draußen oder drinnen haben will, da höre ich, wie schon gesagt, die Gartentür quietschen; ich blicke auf und sehe, wie sich die obere Ecke der Tür bewegt. Von dem Eßzimmerfenster gleich da oben kann man die Türe sehen. Sie öffnete sich nur einen Spaltbreit, aber ich dachte: ›Oh, er (und damit meinte ich den Müllmann) hat gesehen, daß Mr. Sankey draußen sitzt, und kommt lieber später noch einmal wieder.‹ Die meisten Leute wußten, daß Mr. Sankey ein Griesgram war, wenn ich so sagen darf – und daß ihr Trinkgeld davon abhing, daß er sich nicht durch sie gestört fühlte. Und darauf schlüpfte ich wie der Wind zu diesem stillen Plätzchen hinunter, und still war es allerdings, und schwer wie Blei. Denn da lag er, in dem schönen weißen Seidenanzug, den er an dem Morgen erst frisch angezogen hatte, er lag auf dem Kies und auf den Steinplatten, die Sie da rund um den Sitzplatz sehen, und das schöne Buch, in dem er gelesen hatte, lag aufgeschlagen unter ihm.

Ich bewahrte natürlich einen kühlen Kopf. Man hat ja nicht umsonst sein halbes Leben damit verbracht, Unordnung aufzuräumen, von einem Zuhause, in dem es drunter und drüber ging, bis zu einem Haus wie diesem hier, das voll mit Sachen ist, die alle so bleiben sollen, wie sie sind, da ist man Durcheinander gewöhnt und verliert nicht gleich die Nerven, wenn so etwas geschieht. Ich ging und telefonierte so ruhig, wie ich hier vor Ihnen stehe, und ich sagte zu Mr. Timmins – das ist der Leiter der hiesigen Polizeiwache, und ein feiner Mann, das kann ich Ihnen versichern – ›Mr. Timmins‹, sagte ich, ›ich hoffe, es geht Ihnen gut, und würde es Ihnen wohl etwas ausmachen vorbeizukommen, und alles soll, so sehr mich das auch zwickt, denn ich habe es gerne ordentlich, alles soll unverändert bleiben, denn Mr. Sankey ist eben ermordet worden.‹«

»Haben Sie vielen, herzlichen Dank«, unterbrach Mr. M. sie endlich. »Ein äußerst wohlgeordneter Bericht, und Ihr Verhalten war mustergültig. Den Rest wissen wir.«

»Danke, Jane«, fügte der Inspektor hinzu, und sie verstand den Wink tatsächlich, vielleicht weil sie sich dachte, daß sie keinen besseren Abgang bekommen konnte.

Es hatte etwas Endgültiges, als sie sich wieder dem Haus zuwandte, wir folgten ihr in das Eßzimmer, und auch dort verweilte sie nicht länger. Als sie die Tür hinter sich schloß, sagte Mr. Mycroft in einem gewissen herausfordernden Ton: »Ein klarer Fall. Jeder Geschworene und die meisten Richter wären überzeugt, daß es Mord war, nicht wahr?«

»Das dachte ich auch«, antwortete der Inspektor. »Und anfangs schien alles genau das zu bestätigen, was wir soeben gehört haben. Zuerst sah ich mich auf dem Feldweg um - ich war schon wenige Stunden nach dem Vorfall hier. Der Feldweg hinter dieser Mauer ist ein ausgesprochen ruhiger Ort, wie geschaffen für Landstreicher, sich niederzulassen und den Tag zu verdösen. Nun, stellen wir uns einmal vor, einer von ihnen ist dort. Er bemerkt, daß die Tür nur angelehnt ist. Er schlüpft hinein und sieht Sankey dort sitzen, vielleicht war er eingeschlafen, mit dem Rücken zur Tür. Er schleicht sich den Grasweg hinauf, vom Hause aus nicht zu sehen, in der Hoffnung, etwas zu stibitzen - Uhr, Zigarettenetui, dergleichen. Als er vorsichtig die Sachen mustert, die auf dem Steintisch neben Sankey liegen, rührt sich dieser. Der Landstreicher ergreift den erstbesten Gegenstand, den er zu fassen bekommt, das Papiermesser. Dann hätte Sankey seinen linken Arm ausgestreckt, um den Eindringling festzuhalten, und dieser hätte, beinahe gegen seinen Willen, auf Sankeys linke Brustseite eingestochen, er hätte das Herz getroffen, und dann hätte er sich ohne Aufhebens aus dem Staub gemacht. Auf die Spuren am Heft komme ich gleich noch, aber schon vorher hat sich diese ganze Theorie festgefahren und war durch einen merkwürdigen Umstand hinfällig geworden. Als ich zur Gartentür kam, stellte ich fest ... na, kommen Sie, ich zeige es Ihnen.«

Wir folgten dem kleinen Grasweg hinunter zur grünen Tür. Mr. M. und unser Führer fielen auf die Knie, als stünden sie vor einem Schrein. Ich hielt mich im Hintergrund und beugte mich hinab, denn das Knien schadet den Hosen. Doch ich sah und verstand alles, als unser Führer sagte: »Sehen Sie, da haben sich vertrocknete Blütenblätter und kleine Blätter in dem Schlamm festgesetzt, der beim letzten heftigen Regenschauer darangespritzt ist. Den letzten schweren Regen gab es hier vor zehn Tagen. Mindestens seit dieser Zeit ist die Tür nicht mehr geöffnet worden.«

Das Argument war einleuchtend, und ich sah, wie Mr. M. nickte. Allerdings fügte er hinzu: »Aber sie hat es doch ge*hört*?«

»Ja«, antwortete der andere, »ich kann Ihnen vorführen, was sie zu hören glaubte, nun wo Sie mir beide bezeugt haben, daß die Tür schon seit längerem nicht mehr geöffnet wurde und unmöglich an jenem Tag geöffnet worden sein kann.«

Mit diesen Worten erhob er sich, zog einen Schlüssel aus der Tasche und steckte ihn ins Schloß. Mit einem Ruck öffnete sich das Schloß, und mit einem weiteren Ruck zog er die Tür auf, die, als wolle sie protestieren, ein ärgerliches Quietschen von sich gab. Alle hoben wir den Blick. An der Oberseite war sie mit einer altmodischen Schließe versehen, fast wie eine zu groß geratene Maultrommel, eine Vorrichtung, wie man sie an alten Türen findet, um sie geschlossen zu halten, wenn sie zugeworfen werden.

»Das war es also, was Jane hörte?« fragte Mr. M.

»Was sie zu hören glaubte«, wurde er verbessert.

»Ah, aber warum hat sie dann überhaupt aufgeblickt? Was hat ihre Aufmerksamkeit erregt?«

»In Wirklichkeit hat sie zuerst etwas *gesehen,* und dann, als sie mißdeutete, was sie sah, erfand sie, oder ich sollte wohl besser sagen: deduzierte sie das Geräusch, das zu ihrem fehlgedeuteten visuellen Eindruck paßte.«

Und um diese reizvolle Theorie zu belegen, schickte sich unser Führer nun an, uns zurück in Richtung Eßzimmer zu geleiten. Aber ich hätte ihm sagen können, daß Mr. M. sich ebenso leicht leiten ließ, wie Jane dazu zu bringen war, beim Thema zu bleiben. Ich lächelte, als ich sah, wie der ältere der beiden Detektive die nächstbeste Gelegenheit zu einer Ablenkung ergriff, denn Mr. M. zählt zu denen, die glauben, daß, zumindest wenn es sich um Informationen handelt, Geben seliger ist denn Nehmen. Wir hatten uns kaum von der Tür abgewandt, als er innehielt, dann die Gartenmauer entlangging und uns zurief: »Einen Moment nur. Noch eine weitere Bestätigung für unseren wohldokumentierten Bericht.« Wir warteten, während er in dem Haufen abgeschnittener Buchenzweige wühlte und am Ende einen recht großen hervorholte, beinahe schon ein kleiner Ast, und ihn in die Höhe hielt, anscheinend um ihn zu bewundern. Doch er mochte sich auch noch so viel Mühe geben, mehr konnte er mit diesem Ablenkungsmanöver nicht herausschinden, und einen Augenblick später gab er nach und ließ sich zurück zum Eßzimmer geleiten, wobei er allerdings noch immer gedankenverloren mit dem Zweig, den er mitgenommen hatte und von dem ihm offenbar kaum noch bewußt war, daß er ihn in der Hand hielt, an seine Schuhe schlug. Als er die Treppe hinaufging, ließ er ihn jedoch seitlich herabfallen. Gewißlich hätte er einen Gutteil seiner Sympathie bei Jane verloren, hätte er Bucheckern und Blätter auf ihre gebohnerten Böden und samtglänzenden Teppiche gebracht.

»Also«, sagte der Inspektor wie ein ungeduldiger Dozent, als er uns am Fenster postiert hatte, »bleiben Sie bitte hier stehen und behalten Sie sorgsam die kleine obere Ecke der Tür im Auge, die Sie von hier aus sehen können.« Mit diesen Worten verließ er uns. Einen Augenblick später hörten wir ihn, auch wenn wir ihn nicht mehr sehen konnten, aus Richtung der Tür rufen: »Aufgepaßt!« Und als wir hinsahen, bewegte sich die Oberseite der Tür an die sechs Zoll oder auch mehr aus dem Schatten ins Licht. Das Quietschen der Schließe hörte ich jedoch nicht.

Als er wieder bei uns war, sagte Mr. M.: »Das war sehr gut gemacht.«

Der andere nahm dies mit einer gewissen halb verschämten Bescheidenheit auf. »Haben Sie Muße genug, sich mit der neueren Malerei zu beschäftigen?«

Wiederum diese beinahe widerwillige Zustimmung. »Ja, da lernt man, nicht zu sehr auf Sinneseindrücke zu bauen, nicht wahr? Wie Constable sagte: ›Was sehen wir anderes als Licht, das auf Licht fällt.‹« Und mit einem, wie ich fand, ein kleinwenig affektierten Seufzer fügte Mr. M. hinzu: »Und Schatten, die durch Schatten dringen.«

Erfreulicherweise hob diese Art von hochgestochenen Andeutungen die Laune unseres Inspektors offenbar nicht, und dies zu der Zeit, zu der auch ich allmählich die Geduld verlor und mit beinahe heftigem Tonfall fragte: »Worum geht es hier eigentlich?« So beeilte Mr. M. sich denn, ihm beizupflichten: »Gewiß, die Tür hat sich überhaupt nicht geöffnet. Sie haben nichts weiter getan als einen Ast zu bewegen, was einen einzelnen Sonnenstrahl auf das obere Ende der Tür fallen ließ, so daß es aussah, als sei tatsächlich die Türe selbst vom Schatten ins Sonnenlicht gekommen – als ob sie sich, mit anderen Worten, geöffnet habe.«

Der Inspektor nickte und nahm den Faden auf. »Da die Tür sich niemals öffnete, trat auch niemand durch sie ein. Folglich war der Garten völlig abgeschlossen, niemand befand sich darin, und also ist der einzige Mensch, der Sankey umgebracht haben kann, Sankey selbst. Wir haben auch ein Motiv, wohingegen die andere Alternative – Mord – auf eine weit hergeholte Hypothese angewiesen wäre. Ich habe die üblichen Nachforschungen nach unliebsamen Landstreichern anstellen lassen. Da gibt es nichts, was uns weiterbrächte. Sie wissen ja, daß die meisten Landstreicher der Polizei mehr oder weniger bekannt sind, und die Mehrzahl von ihnen ist recht harmlos – die würden genauso wenig jemanden umbringen, wie eine Schnecke ein Mörder ist. Für die andere Hypothese hingegen – Selbstmord – habe ich eindeutige Bestätigung erlangen können. Sankey war Melancholiker. Ich habe mit seinem Arzt gesprochen: wurde zunehmend reizbarer – das haben Sie ja auch dem Bericht des Hausmädchens entnehmen können; hatte im Frühjahr eine Grippe, mit lang anhaltenden depressiven Störungen. Soweit der Allgemeinzustand oder der Grad der Wahrscheinlichkeit. Aber haben wir einen Hinweis auf irgendeine spontane Provokation, etwas, das das Pulverfaß der Selbstverachtung zum Explodieren hätte bringen können?«

Der Inspektor wußte durchaus effektvoll zu formulieren, und ich vermerkte seine rhetorischen Bemühungen anerkennend. Doch noch mehr wußte ich es zu schätzen, als er hinzufügte: »Damit kämen wir zu diesem Beweisstück« und hinüber zu einem Tisch ging, aus dessen Schublade er ein schön gebundenes Buch zog –

eine Augenweide. Er hielt es in die Höhe, damit wir es betrachten konnten. Ich erkannte sogleich, daß es sich um einen Band der wunderbaren Nonpareil-Edition antiker Klassiker handelte, in Schweinsleder gebunden und in der prachtvollen Type dieses Hauses auf Spartgraspapier gedruckt - ein ausgesprochenes Schmuckstück und eine Zierde für jedes Zimmer, selbst wenn man es niemals aufschlug. Auf dem stattlichen Rücken konnte man mühelos in feinen Goldbuchstaben, für die die Kapitale der Inschrift auf der Trajanssäule zum Vorbild gedient hatten, den Titel lesen: *Sueton: De vita Caesarum. Martial: Epigrammata. Plinius: Epistulae.*

Mr. M. ließ sich den noblen Band vom Inspektor reichen. »Eine faszinierende Zusammenstellung! Zuerst die kaum faßbare Geschichte, wie absolute Macht nacheinander zwölf größtenteils gewöhnlichen Männern zufiel, mit Folgen, die ungeheuerlich waren und in der Regel tödlich, nicht nur für alle, die in ihre Nähe kamen, sondern auch für sie selbst. Dann der unvergleichlich präzise satirische Kommentar auf eine solche Gesellschaft vom Vater des Epigramms. Und schließlich die besonnenen Reflexionen eines gebildeten Gentleman, der unmittelbar nach dieser allzu turbulenten Epoche lebte - der ideale Einsatz für einen Moralisten. Ich habe es immer bewundert, wie man auf diese Weise darstellen kann, wie das goldene Zeitalter der Latinität sich, wie der Herbst im späten Oktober, von Gold in Silber wandelte. Hier zum Beispiel: wie hier Martials berühmtes Epigramm 1.14 auf der einen Seite steht und ihm auf der anderen die Epistel 111.16 des Plinius gegenübergestellt ist. Was könnte glücklicher gewählt sein - das eine erläutert das andere! Und nach den Schrecken der tatsächlichen Tyrannei, wie Sueton sie zuvor beschrieben hat, wählen der Dichter und der Verfasser der *Epistulae* für ihren Kommentar einen heroischen Akt, der um so strahlender leuchtet vor dem düsteren Hintergrund willkürlicher Gewalt.«

Ich glaube, der Inspektor verlor ein wenig die Geduld mit Mr. M., als dieser auf seinem höchst eigenen Gebiet der Rhetorik mit ihm in Wettstreit trat und ihn überflügelte. Ich für meinen Teil bedauerte es nicht im geringsten, als wir von Kommentaren über die

Halsabschneider der Antike zu der Frage, die uns eigentlich beschäftigte, zurückkehrten.

»Sie werden verstehen«, fuhr unser Informant fort, »warum ich Ihnen dieses Buch gezeigt habe. Was Sie hier sehen, ist die Seite, die das Opfer las, als der tödliche Impuls ihn packte. Wir finden darin das, was, dessen bin ich gewiß, jeder Geschworene auch ohne die Auskunft eines Arztes als den ›Auslöser‹ identifizieren würde.«

»Aber«, wandte Mr. M. ein, »woher wissen Sie, daß das tatsächlich die Seite war, die er las, und nicht einfach nur die Stelle, an der das Buch aufklappte, als er darüber zu Boden stürzte?«

»Schauen Sie sorgfältig in die Vertiefung zwischen den Seiten. Da ist Zigarettenasche, die bis in die Bindung hinein gerieselt ist. Das ist der Beweis, daß dies die Stelle ist, an der Sankey angelangt war, als der Impuls ihn mit einem Male packte.«

»Aber warum ...?« hob Mr. M. an; doch dann verstummte er und las.

Unser äußerst wohlunterrichteter Informant ahnte offenbar, was er fragen wollte.

»Wer im gegenwärtigen Leben Spuren liest, um dadurch den Motiven der Toten nachzuspüren, hat keine Zeit, tote Sprachen zu studieren«, sagte er. »Doch sobald ich sah, daß die Asche die letzte Seite markiert hatte, die der Tote gelesen hatte, ließ ich sie mir übersetzen. Der hiesige Pfarrer, der gekommen war, um Vorkehrungen für die Beerdigung zu treffen, und bei dem ich mich nach Millum erkundigte, ist ein guter Lateiner und war so freundlich, mir diese Fassung aufzuschreiben«, und mit diesen Worten zog er einen Zettel aus der Tasche. »Diese Zeilen zeigen uns tatsächlich, worin die plötzliche Provokation bestand der letzte Beweis, daß wir es hier mit einem Selbstmord zu tun haben.«

Doch bevor er seinen Zettel vorlesen oder ich hinzutreten und einen Blick auf die Vorlage werfen konnte, die so unerwartet zum Auslöser eines *felo-de-se* geworden war, erklang Mr. M.s Stimme im besten Vortragsrednerton: »Sie nahm den Dolch und stieß ihn sich in die Seite, zog ihn heraus, reichte ihn ihrem zögernden Gatten, und sagte gleichmütig, als sie niedersank: ›Es schmerzt nicht, Petus!‹ Eine recht freie Übersetzung, aber sie wird genügen.«

Und nachdem er zunächst einmal sich selbst dies Kompliment gemacht hatte, wandte er sich großmütig an seinen Kollegen: »Ja, das ist scharfsinnig gefolgert, und es ist das Herzstück in Ihrer Beweiskette. Sankey, der düsteren Selbstmordgedanken nachhängt, liest, wie vornehm es ist zu sterben, und dazu noch, wie einfach in diesem klassischen Falle der Tod tatsächlich ist, wenn man sich selbst ersticht! ›So hält jeder Sklave in eigenen Händen die Möglichkeit, seiner Gefangenschaft ein Ende zu setzen.‹ Und um noch eine weitere Wendung von jenem Dichter zu übernehmen, der Martial um so vieles überlegen ist – der Sklave kann es ›mit blanker Nadel‹ tun.«

Wenn unser Führer ein wenig ungeduldig geworden war, als Mr. M. es im Schmieden schöner Sätze auf einen Wettstreit mit ihm angelegt hatte, so war nun alles vergessen angesichts dieser offenen Anerkennung und, wie es schien, Überzeugung. Er errötete beinahe vor Freude und zeigte, daß er freundschaftlich gestimmt war, indem er sich nur um so mehr bemühte, Beweis auf Beweis zu häufen; obwohl ich längst vollauf überzeugt und in jeglicher Hinsicht zufrieden war, daß wir es hier nicht mit einem Mord zu tun hatten, sondern einfach mit einem Menschen, der offenbar nicht eben sympathisch gewesen war und der selbst für seinen Abgang von der Bühne gesorgt hatte.

Doch Mr. M. schien unersättlich und war begeistert, als der Inspektor fortfuhr: »Nun, Sir, das bringt uns mit Fug' und Recht zur blanken Nadel selbst, wie versprochen. Wollen Sie mir nun gestatten, sie gemeinsam mit Ihnen zu betrachten?«

Und tatsächlich zog Mr. M. die kleine Schachtel aus seiner Tasche hervor. Sie öffneten sie, und diesmal beugte ich mich vor, um über ihre Schultern einen Blick auf die Reliquie werfen zu können. Da lag es nun, ein erbärmliches Stück Metall.

»Die Fingerabdrücke?« erkundigte sich Mr. M.

»Sind die von Sankey«, erwiderte sein Gegenüber, »und nicht die Spur von einem anderen Abruck! Wie hätte ihn also jemand anderes erstechen können? Der Mörder hätte ihn doch nicht fassen und ihm die Hand zum Stoße führen können!«

»Wissen Sie, was das hier ist?« Mr. Mycroft war offenbar fest entschlossen, weiterhin sein Wissen anzubringen, obwohl die Be-

lichkeit hatte er etwas ganz anderes im Auge, etwas, das vollkommen ahnungslos war, daß es beobachtet wurde.

Doch Jane belohnte seinen Scharfsinn mit einem herzlichen »Also wirklich, Sir, Sie haben ja wirklich Adleraugen! Ganz recht! Das ist nicht - oder vielleicht sollte ich sagen« (und ihr rundes Gesicht wurde ein kleines Stückchen länger als Tribut an den unbetrauerten Toten) »das war nicht sein Buch. Und ich kann Ihnen auch sagen, wo es herkommt!«

»Ah, tatsächlich!« sagte Mr. M. und brachte irgendwie mit seinen Stimmbändern einen Ton hervor, der mich absurderweise an die wenigen, ermunternden Akkorde erinnerte, mit denen ein guter und hilfreicher Liedbegleiter sich zu dem zögernden Sänger umwendet, und seinen Protégé dazu bringt, einen Anfang zu finden.

»Jawohl«, sagte Jane und vertiefte sich ganz in ihre Erinnerung. »Jetzt hab' ich's. Ich seh's vor mir, als ob ich es alles noch einmal erleben würde. Wie gesagt, ich lasse Mr. Millum ein. Und er hält mir die Türen auf. Jetzt habe ich es wieder. Ist ja ganz seine Art, aber diesmal ist es noch ein wenig aufmerksamer als sonst. Denn mir fällt auf - Sie müssen wissen, da ich selbst auch so jemand bin, fallen mir Freundlichkeiten auf, die nicht einfach nur automatische Freundlichkeiten sind, sondern wirklich Mühe machen - mir fällt auf, daß er ein großes Buch in der rechten Hand hält, und er muß mir die Tür mit der Linken öffnen, was ein bißchen schwierig ist; und da sehe ich, daß er sich in den linken Daumen und Finger geschnitten hat, als er am Tag zuvor so freundlich war, die Zweige in der Laube zurückzuschneiden. Ich machte eine Bemerkung darüber und fragte ihn, ob ich es ihm ordentlich verbinden dürfe. Denn es war so ungeschickt gemacht, er mußte es wohl selbst getan haben, und Männer - und Mrs. Sprigg übrigens auch - sind bei so etwas ja einfach nicht zu gebrauchen, nicht wahr?« Wir nahmen diesen Vorwurf schweigend hin. »Doch er, besorgt wie er ist, niemals jemandem zur Last zu fallen, sagt aber nicht doch! Das sei doch nicht der Rede wert. Es sei übervorsichtig, es überhaupt zu verbinden, und ich solle bitte auf keinen Fall Mr. Sankeys Aufmerksamkeit darauf lenken. Als ob ich so etwas getan hätte! Da hätte ich meine Geschichte aber schlecht erzählt, wenn Sie jetzt glauben würden, *er* wäre jemand gewesen, dem man so etwas gesagt hätte!

Als ich ihm also seinen Morgentrunk hinstellte, legte Mr. Millum, glaube ich, das Buch auf den anderen Tisch. Ich bin mir so gut wie sicher, daß er sagte, er habe den Band über Marzipan und Plinsen oder so mitgebracht. Das Thema ist mir im Gedächtnis geblieben, denn Mr. Sankey war ein großer Freund des Essens, aber das Essen war kein Freund von ihm, und wer wollte's dem Essen verdenken, sag' ich. Es ist ja weiß Gott genug sauer geworden, was in seine Nähe kam. Nicht daß ich etwas Schlechtes über den Toten sagen will; aber wenn ich's wollte, dann würde ich wetten, süßes Essen und ein so saurer Magen, die würden sich niemals vertragen oder miteinander auskommen. Und wenn er das Essen nicht vertrug, und wenn er es vertrug auch, dann las er über das Kochen. Oh, die Köchin hat allerhand zu hören bekommen, und ich ebenfalls. Aber geteiltes Leid ist halbes Leid, und die Köchin und ich, wir haben es geteilt, darauf können Sie sich verlassen! Er hat neue Rezepte in irgendwelchen überkandidelten Kochbüchern gelesen, Bücher von Leuten, die vielleicht schreiben konnten, aber lieber Himmel, was diese Hirngespinste der Köchin für Arbeit gemacht haben! Sie hat dann immer zu mir gesagt: ›Ich kann mir nicht vorstellen, daß einer von denen schon mal seine Feder weggelegt und ein Nudelholz in die Hand genommen hat. Und beim Abwaschen – die würden ja ohnmächtig, wenn sie einen Abwaschlappen sähen!‹ Für die Köchin und mich war Mrs. Beaton gut genug. Aber diese ausgefallenen Sachen! Schauen Sie sich die Bücher da oben an: *Nachschlag* – meine Güte, was für ein Titel! Und da, das weiße, verzierte, *Der glückliche Gourmet,* das würde nicht einmal eine Stunde auf dem Küchentisch überstehen! Wie die Köchin immer sagt: ›Ein Kochbuch, dessen Einband nichts taugt, ist genauso schlecht wie eins, wo gar nichts drinsteht.‹ Aber ich muß schon sagen, dieses letzte, das Mr. Millum uns geliehen hat, war ordentlich gebunden, vernünftig wie alles an Mr. Millum. Und wenn man sich das klarmacht, Reibekuchen, das ist etwas Anständiges und Einfaches.«

Selbst Mr. M. begann unter diesem Ansturm der Anekdoten zu straucheln und widmete sich dem antiken Klassiker, der in die Küche relegiert worden war. Er musterte dessen Seiten, weil es sonst nichts gab, was sein Interesse zu erwecken vermochte. Endlich begriff auch Jane, daß ihr großer Auftritt vorüber war und daß zu langes Verharren dem Eindruck, den sie hinterließ, nur schaden konnte.

»Ich danke Ihnen, ich danke Ihnen«, kam es von Mr. M. wie das Läuten einer Abschiedsglocke.

Und mit einem »Sie sehen also, es war Mord, und der Mörder war ein gefährlicher Landstreicher« als Schlußsatz ließ Jane es sich gefallen, ihren endgültigen Abgang zu machen.

Als sie fort war, kamen die beiden Männer sogleich zur Sache. Der Inspektor faßte den Stand der Ermittlungen zusammen, und Mr. M. ließ sie Revue passieren.

»Niemand außer Millum betritt am Tage des Mordes den Garten, und er wird von Jane hinausgeleitet. Folglich sind wir wieder beim Selbstmord angelangt, Selbstmord eines Melancholikers, ausgelöst durch die Lektüre einer Passage bei einem antiken Autor, in der es heißt, daß es überhaupt nicht schwer und praktisch schmerzlos sei, sich ins Herz zu stechen, daß es sogar ein stilvoller Abgang ist und, wenn man so will, die Gelegenheit, einige erbauliche letzte Worte zu sprechen.«

Wir hatten uns in die Halle zurückgezogen, und ich war froh, daß wir gingen, denn ich war müde und enttäuscht. Ein Selbstmord ist – außer für einen Detektiv – kein Ersatz für ein bezauberndes Ferienhaus. Doch Mr. M. war noch nicht fertig.

»Sie werden mir nun natürlich noch etwas über diesen Mr. Millum erzählen.«

Ich war erleichtert, als ich die Antwort vernahm: »Oh, das ist, wie Sie ja schon gesehen haben, ebenso eindeutig wie der Rest des Falles. Er war ein alter Freund des Verstorbenen und wohnt in dem Zwillingshaus gegenüber. Er hat sich intensiv um Sankey gekümmert – der ja nicht die Art von Mensch war, mit dem andere sich abgegeben hätten –, und offensichtlich war Sankey sehr auf ihn angewiesen. Er ist ein Mensch – ich habe die üblichen Ermittlungen angestellt –, den andere ebenso in ihr Herz gschlossen haben wie unser Dienstmädchen hier. Und noch ein Routinepunkt: Er ist ein Mann von beträchtlichem Vermögen und hat stets friedlich und großzügig mit seinen Nachbarn hier zusammengelebt. Der Pfarrer sagte, zwar könne er ihn nicht unter die regelmäßigen Kirchgänger zählen, doch wenn es um wohltätige Zwecke gehe, könne er sich auf seine Großherzigkeit stets verlassen. Nein, selbst wenn etwas in unserer Beweisaufnahme gegen ihn spräche – und das tut es nicht –, käme er nicht in Betracht, weil er nicht das geringste Motiv hätte. Ja, die Sache ist ihm so nahegegangen – er ist ein sensibler Mensch –, daß er für ein paar Tage verreist ist. Nachdem, so darf ich hinzufügen«, beeilte sich der Inspektor mit der Miene eines Beichtvaters zu sagen, »er sich in aller Form bei mir erkundigt hatte, ob es ihm gestattet sei. Jawohl, ein sympathischer, offener Mann, wie Sie ja aus den Worten unserer schwatzhaften Jane bereits wissen!«

Mr. M. machte eine Pause, und ich dachte schon, nun könnten wir alles für erledigt erklären. Doch plötzlich, zu meinem grenzenlosen Erstaunen, wurde *ich* aufgerufen, die Angelegenheit auszudehnen!

»Wissen Sie«, hob Mr. M. beinahe kleinlaut an, »wissen Sie, ich habe meinen Freund Mr. Silchester ein wenig unter falschen Versprechungen hierher gelockt. Aber seine Ansichten sind mir schon oft nützlich gewesen, so daß ich, auch wenn er kein Interesse an meiner Arbeit zeigt, seine Talente – die meine eigenen so vorteilhaft ergänzen – schätze und mir bisweilen insgeheim zunutze mache! Doch heute haben wir zwei Fliegen mit einer Klappe geschlagen, wir haben unser Urteil zu einem gewaltsamen Tod abgegeben und sind zugleich auf der Jagd nach etwas ganz anderem. Wir tragen uns mit dem Gedanken, ein Haus auf dem Lande zu mieten, und ohne Frage ist das, was wir gerade besichtigt haben, ein erlesenes Exemplar und wird vielleicht, angesichts des Schattens, der derzeit darauf fällt, günstig zu haben sein. Mich persönlich würde es nicht beunruhigen zu wissen, daß der vorherige Besitzer vom Garten aus freiwillig den Weg ins große Unbekannte angetreten hat. Jedenfalls bin ich froh, daß ich dies Haus besichtigen konnte, und da diese Art von Zwillingen ebenso interessant wie selten ist - meinen Sie, daß es vielleicht möglich wäre, bevor wir in die Stadt zurückkehren, auch einen Blick auf das Gegenstück auf der anderen Straßenseite zu werfen?«

Der Inspektor hatte offensichtlich große Achtung vor Mr. Mycroft und war geschmeichelt, daß er ihn, der von der Gewißheit des Mordes überzeugt gewesen war, nun zur Gewißheit des Selbstmordes bekehrt hatte - wahrhaft ein Triumph in dem gnadenlosen Wettstreit des Verstandes, in dem sich die beiden offenbar gerne maßen. So antwortete er denn: »Ja, ich glaube, das ließe sich einrichten. Ich bin die letzten beiden Wochen dort ein- und ausgegangen und kenne die Haushälterin inzwischen recht gut. Wie unsere Jane schon sagte, ist auch sie eine nette Frau; obwohl es schon seltsam ist, finden Sie nicht auch, wie oft sich nette Frauen gegenseitig nicht gerade mögen?«

Während er dies sagte, war er schon die Steintreppe des gegenüberliegenden Hauses emporgestiegen, eine Treppe, die derjenigen glich, die wir soeben hinter uns gelassen hatten. Die Tür öffnete sich dermaßen rasch, daß ich den Eindruck hatte, man hätte uns vielleicht beobachtet, und wir wurden ebenso herzlich willkommen geheißen wie auf dem anderen Grundstück. Der Inspektor erklärte, daß Mr. Mycroft das andere Haus besichtigt habe, und die Tatsache, daß es sich um zwei von gleicher Bauweise handle, fasziniere ihn so sehr, daß er hoffe, sie werde so freundlich sein, uns, wie Mr. Millum, dessen sei er gewiß, es sicher gewünscht hätte, durch Haus und Garten zu führen. Sie war eine üppige, gutmütige, geschäftige Person in einem weiten und dennoch eng anliegenden Chintzkleid, und sie raschelte und gluckte vor uns her wie eine riesenhafte Henne.

Als die Führung begann, sagte der Inspektor: »Ich werde Sie Mrs. Spriggs fähigen Händen überlassen. Sie finden mich im Gasthaus, wenn Sie wieder in der Stadt sind.«

»Machen Sie sich nicht die Mühe, die Kutsche zu schicken«, rief Mr. Mycroft ihm noch nach. »Wir gehen zu Fuß zurück, das wird uns ein Vergnügen sein.«

Wir wurden in jeden Winkel des Hauses geführt, und ich stellte mir vor, daß Mrs. Sprigg wohl einen gewissen Wettbewerbsdruck verspürte, uns vorzuführen, daß ihr Zwilling ebenso wohlerzogen und gut versorgt war wie der Rivale jenseits der Straße. Vielleicht war es hier nicht ganz so blitzblank wie in dem, den wir zuerst gesehen hatten, doch es gab mehr schöne Dinge hier. Und offensichtlich war es hier der Hausherr, der Sorgfalt übte, und das Dienstmädchen stand ihm zur Seite, während es dort das Mädchen war, das die Initiative ergriff, und der Herr hatte widerwillig seine Erlaubnis gegeben. Als wir, wie ich annahm, sämtliche Räume gesehen hatten, außer dem Schlafzimmer unserer Führerin, blieb Mr. M. stehen, und Mrs. Sprigg tat es ihm nach, zweifellos der Überzeugung, daß alles, was noch bliebe, die vom Besitzerwechsel einiger Münzen begleiteten Dankesworte seien, mit denen solche Besichtigungen stets zu enden pflegen. Doch Mr. M. hatte noch eine Bitte.

»Zu den bezauberndsten Dingen an diesen beiden Häusern zählt die Landschaft, deren Zierde sie sind. Was für eine Aussicht man von diesen schönen, brustwehrgesäumten Dächern haben muß. Meinen Sie, wir könnten noch eben hinaufsteigen, unseren Blick ›ins Erdenrund zu schicken‹, wie es im Kirchenlied heißt?«

Das war klug formuliert. Mrs. Sprigg war offensichtlich keine Anhängerin der Hochkirche, sondern zählte zu denen, von denen es in diesem Teil der Welt heißt, daß sie ›in die Kapelle gehen‹ und denen ein Zitat des Kirchenlieddichters Isaac Watts ebenso lieb und aufschlußreich ist wie ein Horazwort einem Freund der Antike. »Aber gewiß«, strahlte sie. »Ich fürchte nur, der Weg nach oben ...«, und damit ging die Berufsehre in die Defensive, »ist nicht ganz staubfrei, sozusagen. Ich war schon wer weiß wie lange nicht mehr oben auf dem Dach, und Mr. Millum habe ich auch noch nie hinaufgehen sehen. Lassen Sie mich überlegen, das letzte Mal, daß jemand oben war, war zu Michaelis, als die Dachdecker die Ziegel wieder in Ordnung bringen mußten, nach dem letzten großen Herbststurm.«

»Das macht überhaupt nichts«, entgegnete Mr. M. mit einem Lächeln. »Diese Landschaft zu sehen ist uns ein paar schmutzige Finger wert.«

Sie führte uns hinauf, bis dahin, wo das Treppenhaus sich zu einer Bodentreppe verengte, und auch diese endete in etwas, das kaum mehr war als eine Leiter mit Geländer. Hier hielt Mrs. Sprigg inne, denn der Aufstieg war steil und der Pfad schmal. Weder ihr gutes, doch strapaziertes Herz noch ihr beträchtlicher Umfang hätten die letzte Etappe bewältigen können.

»Es ist sehr stickig da oben«, rief sie uns noch keuchend als Abschiedsgruß nach.

Und zu meiner Überraschung blieb, als wir die letzte Stufe erreichten und Hühnern glichen, die gleich ins Freie kommen, auch Mr. M. stehen und atmete schwer. Er war mir vorausgegangen bis zum obersten Punkt der Speichertreppe und war eben im Begriff, die verglaste Luke aufzudrücken, als er mehrmals tief durchatmete und dabei den Kopf senkte. Dann, als er wieder zu Atem gekommen war, drückte er die kleine Falltür auf. Eine Brise wehte herein und vertrieb die heiße, abgestandene Luft, die sich fast wie ein Gas in diesem Winkel, in den sonst kein Luftzug kam, gesammelt hatte und zweifelsohne dafür verantwortlich war, daß er nach Atem hatte ringen müssen.

Ich folgte ihm rasch, und als wir hinaustraten, erwartete uns ein Panorama, wie ich es eindrucksvoller in seiner Sanftheit und Weitläufigkeit selten erblickt habe. In der Ferne floß der Severn – lange silberne Zierstiche auf grünem Grund. Die blauen walisischen Berge bildeten den Abschluß in der Ferne, und ringsum erstreckte sich das Tal, mit Obstgärten, in denen es blühte und knospte, mit silbergrauen Kirchtürmen und den rostroten Dächern stattlicher, behaglicher Häuser, die Farbtupfer in dieser eingängigen, fließenden Bilderpoesie des Wohlstands von Garten und Feld setzten.

Doch nachdem Mr. M. *Sabrina fair* und ein oder zwei Takte aus dem ›Bredon Hill‹ des *Shropshire Lad* gesummt hatte, wandte er sich um und blickte hinüber zu dem anderen Haus, das wir erst vor kurzem verlassen hatten und das wir, wie ich fand, nun tatsächlich mit hinreichender Gründlichkeit besichtigt hatten, vorerst zumindest. Mr. M. hingegen schien tief in Gedanken, während er sich vorlehnte und über die Brüstung schaute, und seine Erscheinung hatte durchaus eine gewisse Ähnlichkeit mit den grimmigen Wasserspeiern, die, das Kinn in die Hand gestützt, auf dem Dach von Notre Dame stehen und Ausschau über Paris halten. Vielleicht brütete er einen Schlachtplan aus, wie er das Haus womöglich doch noch für einen Sommerurlaub mieten konnte. Da ich mir nicht ganz sicher war, ob es mir, so es denn möglich wäre, wirklich Freude machen würde - Mord ist nun einmal nicht mein Metier - und ich zudem nicht einmal einer so gewitzten Person wie meinem Freund große Chancen einräumte, daß es ihm gelänge, kümmerte ich mich nicht weiter um ihn. Der Blick über die Landschaft hatte etwas wunderbar Erfrischendes, und ich war fest entschlossen, ihn zu genießen und mir vom Sonnenlicht, der sanften Brise und von der Bequemlichkeit und fraglosen Sicherheit unseres Aussichtspunktes die Eindrücke des Vormittags vertreiben zu lassen.

Es vergingen einige Minuten, dann kam Mr. M. zu mir herüber und schlug vor, daß wir, wenn ich mir einen Eindruck von der Gegend verschafft hätte, wieder hinuntergehen sollten. Ich stimmte zu, auch wenn ich mit Vergnügen eine halbe Stunde dort oben damit hätte zubringen können, verträumt den Blick über diese helle und beruhigende Landschaft schweifen zu lassen. Ich pflichtete ihm von ganzem Herzen bei, als er Mrs. Sprigg sagte, wie sehr er die Aussicht genossen habe. Ihr mütterlicher Stolz schloß die Landschaft ebenso mit ein wie das Haus, in dem sie diente.

»In Shropshire geboren, in Shropshire großgeworden«, erklärte sie uns. »Und wir machen uns zwar nicht viel aus den neunmalklugen Burschen, die nie wieder nach Hause zurückkommen und trotzdem neunmalkluge Verse über uns schreiben, aber wenn ich selbst Dichter wäre, würden mir, wenn ich mich hier in unserem Lande umsähe, die Themen niemals ausgehen.«

Weil uns diese gemeinsame Vorliebe verband, verstanden wir uns nun so ausgezeichnet, daß sie, als Mr. M. sie bat: »Meinen Sie, ich könnte morgen wiederkommen und einen zweiten Blick von diesem Pisga werfen? Heute wußte ich ja nicht, welcher Leckerbissen mich erwartete, und deshalb hatte ich meinen Feldstecher nicht dabei«, ihm dies mit Freuden gestattete. Ich muß sagen, der Gedanke, mit einem Feldstecher einen Ausblick zu betrachten, den ein jeder, der wirklich Sinn für Landschaften hat, als Einheit in sich aufnehmen muß - alles auf einen Blick, wie die Franzosen sagen -, bewies mir, wie bei meinem alten Freund leider Gottes der Wissenschaftler mit seinem Bestreben, die Dinge zu zergliedern, Vorrang vor dem Künstler hatte, der es zufrieden ist zu schauen und selbst ein Teil der Schönheit eines Ortes zu werden.

Wir spazierten zu dem Städtchen zurück. Im Gasthaus, wo unser Freund, der Inspektor, Zimmer für uns bestellt hatte, fanden wir diesen, seine Koffer fertig gepackt, im Begriffe, den Abendexpreß zurück nach London zu nehmen. Mr. M. ließ ihn wissen, daß wir noch einen Tag oder vielleicht auch zwei länger zu bleiben gedachten, denn, so erklärte er ihm, in der Hoffnung, zwei Fliegen mit einer Klappe zu schlagen, wollten wir sehen, ob ein und dasselbe Haus sowohl eine interessante Aufgabe als auch einen bequemen Ruheort zu bieten imstande sei. Ich weiß noch, wie mir besonders auffiel, daß er diese launige Bemerkung zum zweiten Mal machte. Vielleicht spürte er selbst, daß sie so dünn war, daß man sie »zweimal auftragen« mußte, wie Anstreicher zu sagen pflegen. Das Interessante für mich bestand dabei darin, daß solche ärmlichen kleinen Bonmots ebenso verläßlich wie Zuckungen der Gesichtsnerven belegen, daß Männern großer Gedankenschärfe wie Mr. M. zwangsläufig (und ich bin nicht minder in der Lage, Beobachtungen anzustellen und Beweise zu führen wie er) die zarte Berührung der Oberfläche, der Sinn für Nuance und Stil, welches die natürlichen Gaben des Mannes von Takt und Geschmack - kurz gesagt, des Künstlers - sind, versagt bleiben müssen.

Unser Inspektor entgegnete einfach nur: »Nun, ich danke Ihnen, daß Sie mir meine Skrupel bestätigt haben. Der Schluß, zu dem ich nun gekommen bin, ist weniger dramatisch als der erste, doch ist er, dessen bin ich gewiß, nicht nur überzeugender, sondern auch endgültig, und nicht nur endgültig, sondern sogar ein glücklicherer Abschluß. Ich muß es Ihnen unter uns, denn Sie sind ja im Grunde ein Kollege, eingestehen, daß es mir immer eine große Erleichterung ist, wenn das, was ein Selbstmord zu sein scheint, aber auch ein Mord gewesen sein könnte, sich doch als ersteres erweist! Ja, ich frage mich oft, ob wir Leute vom Fach nicht im Grunde in den Richtern und Anwälten Männer dulden, die in Wirklichkeit im wahren Verständnis des Verbrechens hinter uns zurückbleiben. Wir sollten, so denke ich mir oft, nicht überlegen, wie ein Verbrechen bestraft werden soll, sondern wie man es verstehen und dadurch verhindern kann.«

Dieser vertrauliche Ausbruch schien Mr. M. nicht im geringsten zu überraschen. Alles was er entgegnete war: »Es freut mich zu hören, Mr. Sark, daß wir in Grundfragen einer Meinung sind. Selbst wenn in Einzelheiten einmal Zwietracht herrschen sollte, werde ich fortan wissen, daß, was immer ich denken oder tun mag, wir beide *au fond* das gleiche meinen und dasselbe Ziel vor Augen haben.«

Der Inspektor ließ es sich gern gefallen, solchermaßen als *cher confrère* apostrophiert zu werden, und nach einem markigen Handschlag zog er von dannen.

Als er fort war, meinte Mr. M.: »Ein Mann, der sich nicht schämt, etwas über impressionistische Malerei zu wissen und dazu noch etwas von den neuesten Theorien über Licht und Schatten und die psychophysischen Probleme der Wahrnehmung, ist stets ein weitaus klügerer Bursche, als sein Geschick in professionellen Fragen annehmen ließe. Er kann Fragen stellen, nicht nur Antworten finden; Debatten eröffnen, nicht nur Fälle abschließen; und wenn Sie eine Wahl treffen müssen und die Zeit haben, darauf zu achten, werden Sie feststellen, daß es die Cleveren sind, die letzteres tun, und die Klugen, die sich an ersteres halten.«

Wir dinierten in aller Ruhe (und das nicht schlecht), er mit seinen Gedanken und ich mit meinen Eindrücken beschäftigt, und einer gebratenen Ente für uns beide. Keine Frage, es war ein merkwürdiger Tag gewesen. Doch jenseits der reichlich unerfreulichen Geschichte begann der beschauliche Hintergrund wieder hervorzutreten, und ich fand nun allmählich, daß ich, wenn es mir gelänge, das Haus zu mieten, dieses wohl trotz des Vorfalls oder Unfalls doch als so angenehm empfinden würde, wie es mir anfangs erschienen war.

Am nächsten Tag hörte ich, wie Mr. M. nach dem Frühstück Anweisungen gab, daß man uns etwas zum Mittagessen einpacken solle. Als wir unsere zwei Meilen lange Wanderung begannen, wandte er sich an mich: »Ich denke mir, die gute Mrs. Sprigg wird nichts dagegen haben, daß wir friedlich im Garten ihres Herrn unser Mahl einnehmen. Es wird eine schöne Abwechslung sein, einmal einen Tag an der frischen Luft zu verbringen.«

Und so war es. Mr. M. hatte seinen guten Feldstecher dabei, und wir ließen uns Zeit und beobachteten dies und das am Wege, und er brachte eine Reihe von Dingen zur Sprache, die mich gut unterhielten. Als wir ankamen, bat Mrs. Sprigg uns, es uns auf dem Dach bequem zu machen, und wir verbrachten geraume Zeit damit, in aller Ruhe einen Ausblick zu betrachten, der nicht im geringsten dabei an Reiz verlor – zumindest nicht für mich.

Doch nach und nach ließ sich Mr. M. von seinem übermäßigen Interesse am Partikulären – seiner großen Leidenschaft für das mikroskopische Erforschen – hinüber zu der Seite ziehen, wo das andere Haus unseren Panoramablick beschränkte. Er nahm den Feldstecher mit hinüber, und als ich ihm folgte, stellte ich tatsächlich fest, daß er durch das Glas hinunter in den Nachbargarten schaute! Als ich mich erkundigte, ob er die Namenstafeln an den Blumenrabatten dort unten entziffern wolle, entgegnete er: »Ich reflektierte über ›Die Wege klar, verflocht'ne Bahnen, Schmuck des Gärtners Schere Pracht, Der Formen gibt, doch stets mit sanfter Hand, Des Beet' ihm gern Triumph gewähr'n!‹ Ja, in der Tat, ›Als sei sein ein Begier, der Bergamotte Zier.‹ Ein Garten sollte einem Menschen die Unschuld bewahren, finden Sie nicht auch?«

Doch als er begriff, wie unsinnig es war, nachdem wir so weit hinaufgestiegen waren, den Feldstecher, den wir mitgebracht hatten, um in die Ferne zu sehen, nur dazu zu benutzen, einen Garten zu betrachten, den wir bereits aus nächster Nähe gesehen hatten, erriet er meine Gedanken und hielt mir das Glas hin mit den Worten: »Wollen Sie es haben, um den Ausblick noch weiter zu studieren? Das, was man dort in der Ferne sieht, könnte die Abtei von Pershore sein, und vielleicht können Sie sogar einen Blick auf die Malverns erhaschen. Wenn wir für den Sommer herkommen, dürften beide einen Besuch wert sein.« Und damit überließ er es mir, den Blick schweifen zu lassen, und versank wieder in sein Brüten über das Naheliegende, dem von jeher sein wahres Interesse galt.

Als ich schließlich, nachdem ich mich noch einmal gründlich umgesehen hatte, zu ihm zurückkehrte, hatte er selbst das Starren in den benachbarten Garten aufgegeben. Er lag auf den Knien und rappelte sich auf, als ich hinüberkam. Einen Moment lang durchzuckte mich ein Schrecken. War es ein weiterer Anfall von Atemnot, wie jener, der ihn befallen hatte, unmittelbar bevor wir unseren Aufstieg zu jenem luftigen Ort beendet hatten, an dem wir uns auch jetzt wieder befanden? Ich fand ihn vor, wie er sich eben aus einer knienden Position erhoben hatte, wobei er die Ellbogen auf die Brüstung gestützt hatte. Doch auf meine besorgte Frage antwortete er nur in typischer Mycroft-Manier: »Das Knien ist eine heute viel zu selten praktizierte Methode zu ruhen und den Verstand zu erfrischen. Und sehen Sie, was ich für einen seltsamen Gegenstand gefunden habe, indem ich mich buchstäblich daraufkniete, hier, wo er unter der Einkerbung der Brüstung lag. Was meinen Sie, was kann das sein?«

Auf diese Frage, ob ich wisse, worum es sich handelte, erwar tete er von mir ein herzlich ahnungsloses aber doch interessiertes »Nein«. Doch war ich in der Lage, ihm auf seine Frage umgehend und mit nicht unbeträchtlicher Freude darüber, daß er mich nicht in Verlegenheit bringen konnte, eine Antwort zu geben.

»Es ist ein sogenannter Spanner«, antwortete ich. »Ich habe bei Gelegenheit gesehen, wie Gärtner solche Vorrichtungen benutzen, um Drahtspaliere anzubringen, an denen Kletterpflanzen emporranken sollten. Im Grunde ist es ein Hebel mit Gelenk – funktioniert wie ein gefederter Schuhspanner.«

Auch seiner zweiten Frage: »Was meinen Sie, wie er hier hinkommt?« konnte ich mich stellen. Ich sah mich um und bemerkte, daß die verwitterten alten Ziegel unter dem Ansturm der Herbststürme jene Zeichen zeigten, von denen Mrs. Sprigg uns unten erzählt hatte. Man hatte sie mit Drähten gesichert und befestigt. Ich deutete darauf und erklärte: »Dafür ist er verwendet worden, da bin ich mir sicher.« Und dann schlug ich, da ich allmählich hungrig wurde, vor, daß wir uns einmal näher ansehen sollten, was wir vom Hotel mitbekommen hatten.

»Es ist ein wenig windig hier oben, und dabei heiß«, antwortete er. »Wir wollen hinunter in den Garten gehen.«

Das war ein vernünftiger Vorschlag, und ich stimmte zu. Einen Augenblick lang drehte Mr. M. den Spanner noch zwischen den Fingern, und ich dachte, er wolle ihn mit hinunter nehmen. Aber am Ende beschloß er wohl doch, ihn zu lassen, wo er niemanden störte. Denn, nachdem unser Abstieg uns ans obere Ende der Treppe gebracht hatte und wir wieder nebeneinander hergehen konnten, hielt er nur das Aktentäschchen, ohne das er sich so nackt fühlen würde wie ich mich ohne Krawatte, in seinen Händen.

Als wir wieder zu Mrs. Sprigg hinunterkamen, gewährte sie ihm seine Bitte, in ihrem Garten unser Picknick veranstalten zu dürfen, mit Freuden und bestand darauf, unserem Proviant noch eine große Flasche einheimischen Apfelweins hinzuzufügen, um, wie die Bankiers sagen, unsere Balance flüssig zu halten. Man konnte sagen, der Tag entwickelte sich prächtig.

Aber natürlich brachte Mr. M. es nicht fertig, sich sogleich an der offensichtlichen Stelle, die ich auf den ersten Blick als idealen Picknickpaltz erkannt hatte, zum Essen niederzulassen. Obwohl es hier keine Laube gab, hatte dieses Haus, genau wie sein Zwilling auf der anderen Straßenseite, Rasenbänke und Sitzplätze auf der sonnigen Seite der Eibenhecken. Doch fast wie ein Jagdhund mußte er zunächst schnüffeln und alles auskundschaften, bevor er Ruhe finden konnte. Und so gelang es ihm natürlich zu guter Letzt – und das geschah ihm ganz recht –, an die unattraktivste Ecke selbst dieses attraktiven Ortes zu gelangen. Er spürte den Ofen auf, in dem der Müll verbrannt wurde, hübsch hinter der dichtesten Eibenhecke, ganz am Ende des Gartens an der Umfassungsmauer aus Backstein versteckt. Und dann? Nun, da Sie ihn kennen, werden Sie mir glauben, also brauche ich nicht nachdrücklich zu versichern, daß er das fertigbrachte. Er stocherte in den Abfällen herum, »einfach um«, wie er zu sagen pflegte, »hinter das Leben in diesem Hause zu kommen« – diese abscheuliche archäologische Leidenschaft, die niemals etwas so sehen kann, wie es ist, sondern es auseinanderpflücken muß, um zu sehen, wie es kam, daß es so hübsch aussah, und die sich weit mehr für fossilen Abfall interessiert als für lebendige Schönheit. »Zergliedert das hübscheste Antlitz, Zu forschen, was die Röte gebar!«

Ich hatte mir eben diesen recht hübschen Zweizeiler einfallen lassen - was meinem Wunsch zur Satire die Spitze abbrach, da ich selbst ja gerade etwas Schönes hervorgebracht hatte -, als sich Mr. M. zu mir umwandte: »Suchen Sie uns doch ein Plätzchen in der Sonne. Ich weiß, da kann ich mich auf Sie verlassen, und ich werde mich gleich zu Ihnen gesellen.«

Ich war es gern zufrieden, mich an einen angenehmeren Ort schicken zu lassen. Im Gehen sah ich noch, daß er, da es ihm nicht gelungen war, außer ein paar alten Packungen, die einmal *Gold Flake,* jenen entschieden zu männlich-strengen Tabak, enthalten hatten, etwas aufzuspüren, das seine Aufmerksamkeit auch nur einen Moment lang hätte fesseln können, das kräftige, gezackte Schüreisen aufgenommen hatte und wie ein mittelalterlicher Teufel in den Tiefen der noch schwelenden Glut stocherte.

Mir blieb jedoch gerade nur genug Zeit, es mir bequem zu machen, unsere Mahlzeit auszubreiten, einen Hühnerflügel, einige Scheiben Zunge und etwas Salat zu wählen und mir ein Glas Apfelwein einzugießen, bis er von seinem schmuddeligen Refugium zurückkehrend um die Ecke bog. Ich brauche wohl kaum hinzuzufügen, daß er etwas gefunden hatte. Und wieder einmal bestand ich die routinemäßige Frage nach der Parole.

»Was meinen Sie, was ist das?«

Ebenso prompt wie auf dem Dach antwortete ich.

»Das ist eine sogenannte Sprungfeder. Des weiteren würde ich vermuten, und dies mit so hoher Wahrscheinlichkeit, daß ich es praktisch für eine Gewißheit halte, daß sie aus einem jener alten Rollstühle stammt, die solche Federn hatten - jene Stühle, in denen Ende des achtzehnten und Anfang des neunzehnten Jahrhunderts die Opfer von Gicht und Fallsucht, die vom zu vielen Portwein ihre ersten Schlaganfälle erlitten hatten, spaziergefahren wurden. Nicht nur, daß ich meine Karikaturisten kenne, meinen Gilray und Rowlandson, sondern, wie der Zufall es will, wurde meine eigene Großmutter, obwohl sie niemals Portwein trank, in just so einem *Bath chair,* wie man sie zu nennen pflegte, zu, wenn

Sie mir den Scherz erlauben, ihrem letzten Hafen gefahren – wie jenes alte, aus der Mode gekommene Schlachtschiff, die ›Fighting Téméraire‹, auf Turners ein wenig abgedroschenem Gemälde. Oft spazierte ich selbst, als pflichtsames Kind, angetan mit einem Matrosenanzug, neben ihrem Fahrzeug her und begleitete sie auf ihrer umwegreichen Fahrt, kam ich doch als entfernter, wenn auch durchaus möglicher Erbe ihres Vermögens in Betracht, und vertrieb mir, während es mit der Geschwindigkeit eines Trauerzuges, mit der solche Fahrzeuge vorwärtszukommen pflegen, dahinging, die Langeweile mit Gedanken daran, wie diese kleinen, doch kräftigen Federn, die jene beträchtliche Masse auf dem Kopfsteinpflaster auf- und abhüpfen ließen, sich anderweitig verwenden ließen.«

Wiederum schien Mr. M. von meinem Glück überrascht, das ihn nun zweimal hintereinander um das Vergnügen gebracht hatte, mir etwas zu erklären, weil ich es bereits wußte. »Ohne Zweifel«, fügte ich hinzu und goß mir noch ein Glas von dem wirklich vorzüglichen Apfelwein ein, »war einer der Vorbesitzer dieses bezaubernden Fleckchens ein Mann des achtzehnten Jahrhunderts in jeglicher Hinsicht, ein ›Drei-Flaschen-Mann‹, als Flasche noch soviel wie Port bedeutete und eine Port-Flasche noch eine Kruste hatte, und war im Alter selbst ein wenig verkrustet; ihn traf zum ersten Mal der Schlag; er nahm seinen Platz im Rollstuhl ein; und bald darauf trat er seine letzte Reise zur Pfarrkirche an, wo er sich für alle Zeiten unter einer schönen Platte aus importiertem Carrara-Marmor zur Ruhe legte. Der Rollstuhl stand herum, bis irgend ein ordentlicher Mensch in unserer ordentlichen Zeit so freundlich war, ihn den Flammen zu übergeben und ihn, ganz in der Art der Chinesen, entsandte, den alten Vorfahren durch die Höfe und Gärten des Jenseits zu tragen. Dies ist ohne Zweifel der letzte Rest davon.«

Ich war stolz darauf, wie schwungvoll ich meinen Gegenangriff geführt hatte.

Mr. M. war so verblüfft, daß er, um seinen Rückzug zu decken, zu der Bemerkung Zuflucht nehmen mußte: »Vielleicht würde ich, wenn Sie mir ein wenig von dem Apfelwein übriglassen könnten, ähnlich redegewandt, und Ihr Heimweg nähme womöglich weniger Umwege.«

Doch nachdem er seinen Anteil getrunken hatte und wir in zufriedenem Schweigen gekaut hatten, bis von unserem Proviant nichts mehr übrig war als das Papier, in das er eingeschlagen gewesen war, sagte er nur: »Ich glaube, ich werde wohl lieber diese Überbleibsel unserer *fête champêtre* nehmen und, wie es sich für einen braven Detektiv gehört, unsere Spuren verwischen.«

Ich blieb, wo ich war, während er um die Ecke davonstürmte, um sich dessen, was in seinen Augen ein potentielles Indiz darstellte, zu entledigen.

Nachdem der Müllofen geschluckt hatte, was für ihn bestimmt war, kehrte Mr. M. zurück, und wir spazierten zum Haus. Eine strahlende Mrs. Sprigg begrüßte uns, nahm, nachdem sie der Hoffnung Ausdruck verliehen hatte, daß wir unsere Mahlzeit genossen hätten, mit offensichtlicher Freude die fünf Shilling entgegen, die stillschweigend aus den hageren Fingern des Detektivs in ihre runde, feingliedrige Hand glitten, von der ich sicher war, daß sie zart mit Pasteten und roh zu Küchenmädchen war, und platzte heraus: »Gerade ist ein Telegramm gekommen - Mr. Millum kommt zurück! Es hat ihn so schwer getroffen, müssen Sie wissen, Sir. Da sieht man, was für ein gutherziger Mensch er ist. In der ganzen Nachbarschaft ist nicht ein einziges Auge feucht gewesen, das kann ich ihnen versichern, als sich der Herr dort drüben das Leben nahm. Froh, daß er weg ist, sage ich, und es kommt selten so, aber diesmal schon!«

Die Syntax dieses Satzes ist obskur, doch ich habe ihn so im Gedächtnis behalten, wie er gesprochen wurde, und was er sagen will, ist im Grunde ja nicht kryptisch.

»Sogar Jane, und ich muß zugeben, sie arbeitet hart, wenn sie auch ein wenig geschwätzig ist, und sich keine Gedanken darum macht, für wen sie arbeitet, solange er sie ihre Arbeit tun läßt, wie sie will - ich hätte niemals so sein können -, selbst Jane hatte da ihre Ansichten und ist erleichtert. Doch Mr. Millum ist so weichherzig und so sensibel, könnte man sagen, daß es ein regelrechter Schock für ihn war. Immer ist er hinübergelaufen auf die andere

Straßenseite, obwohl in all der Zeit, die ich hier bin, und das sind schon Jahre, der von drüben nie einen Fuß hier ins Haus gesetzt hat, und da bin ich auch froh drüber. Man hätte denken sollen, er wäre erleichtert gewesen; denn Jane hat mir so oft, daß ich es schon gar nicht mehr hören konnte, erzählt, daß er Mr. Millum wie Luft behandelt hat, ganz gleich, wie sehr er sich immer für alles interessierte und wie freundlich er war, es sei denn, irgend etwas mußte getan werden, dann durfte er es tun und konnte lange auf ein Dankeschön warten. Ja, ab und zu schlug er sogar vor, die eine oder andere Kleinigkeit zu erledigen, und das wurde ihm dann zähneknirschend gestattet. Das war alles ein großer Fehler, jeder, der schon einmal eine Göre großgezogen hat, weiß das; aber er hat nun mal so ein weiches Herz, und Gott sei Dank lebt er ja unter Menschen, die einen Gentleman zu schätzen wissen, wenn ihnen einer begegnet.«

Wir verabschieden uns, denn wir fanden, daß eine solche Heimkehr nicht dadurch beeinträchtigt werden sollte, daß man unerwartet auf Fremde traf. Außerdem wußte der unbekannte Mr. Millum es womöglich gar nicht zu schätzen, daß Fremde in seinem Haus gewesen waren.

Während wir im angenehmen Nachmittagslicht zurückspazierten, war ich, auch wenn mein Schritt nicht die Spur eines Schwankens zeigte, in jener versonnenen Stimmung, in die man durch das richtige Quantum an gutem Apfelwein gelangen kann. Mir lag nichts daran, Mr. M. in seinem Schweigen zu stören, und da ich seine beiden Versuche, mich zu belehren, so erfolgreich abgeschmettert hatte, verspürte auch er offenbar nicht den Wunsch, mit mir zu sprechen.

Nach dem Abendessen begab er sich schweigend zu Bett. Ich hatte erwartet, daß er vorschlagen würde, nach London zurückzukehren; ich selbst regte jedoch nichts dergleichen an, teils weil ich schläfrig war, teils weil ich mir wegen des jetzt verwaisten Hauses noch nicht schlüssig geworden war. Es gefiel mir sehr, und ein solches Anwesen ohne Besitzer vorzufinden, war eine einmalige Gelegenheit. Vielleicht konnte man, wie Mr. M. gesagt hatte, da der Vorbesitzer sich außerhalb des eigentlichen Hauses das Leben genommen hatte, das Ungewöhnliche der gewählten Methode in Anbetracht der angenehmen Resultate, die sie zeitigte, vernachlässigen. Wenn ich in jener Laube arbeitete, würde ich es ja bei Tage tun und nicht in der Nacht.

Zumindest die folgende Nacht verging ohne jeden bösen, vorahnungsreichen Traum. Nach dem Frühstück am nächsten Morgen überließ mich Mr. M. für einige Augenblicke der Zeitung, wo ich nichts fand als Anzeigen für Häuser, die einfach nicht gut genug waren. So war ich denn in genau der richtigen Verfassung, als er zurückkehrte und mich fragte, ob ich noch einen weiteren Blick auf das Backsteinhaus von 1760 werfen wolle. Wir machten uns auf den Weg, und Jane begrüßte uns in der üblichen Manier. Das verstärkte noch mein Gefühl, daß sich in diesem Haus eine schlechte Aura einfach nicht halten konnte. Mr. M. leistete ihr ein Weilchen Gesellschaft, zweifellos um ihre Freundschaft noch weiter zu festigen, und es war mir gar nicht unrecht, daß, wenn wir wirklich in diesem Haus wohnen wollten, diese Aufgabe nicht mir zufiel. »Marmor ist mein Metier, nicht Mörtel«, murmelte ich vor mich hin (denn ich finde, die Alliteration wird heutzutage bei weitem zu gering geschätzt), als ich hinaus zum Marmor der Laube schlenderte.

Nichts Gespenstisches konnte sich hier halten. Den Jahren des Gleichmuts, der erhabenen Weite, konnte offensichtlich eine solche Lappalie wie ein egoistischer Selbstmord nichts anhaben. Und kaum hatte ich mich niedergelassen, trat schon Mr. M. hinzu, um, wie ich annahm, eine Entscheidung von mir zu fordern. Ich war nur zu bereit dazu – genau genommen hatte ich sie ja bereits gefällt.

»Ich bin voll und ganz geneigt«, sagte ich, als er an der Stelle anlangte, wo ich auf dem prachtvollen steinernen Sitze Platz genommen hatte, »meine natürliche Abneigung gegen ein *felo-de-se* hintanzustellen, wenn ich dadurch Zugang zu einer so außerordentlich kultivierten Umgebung erhalte, wie dieser Ort sie mir bietet. Ich nehme an, wer immer das Erbe dieses Anwesens angetreten hat, wird nur zu froh sein, jemanden wie uns zu finden, der bereit ist, das Haus wieder salonfähig zu machen. Da die Polizei den Fall abgeschlossen hat, will auch ich gern, was diesen kleinen (und in dieser Hinsicht ja nicht unglücklichen) Unfall angeht, die Vergangenheit ruhen lassen.«

»Aber ich kann mich nicht entsinnen, daß ich jemals gesagt hätte, der Fall sei abgeschlossen.«

Das klang nicht nur übertrieben selbstsicher, sondern, schlimmer noch, bedrohlich. Sollte ich - nachdem ich beträchtliche Anstrengungen unternommen hatte, den Wünschen des alten Meisters entgegenzukommen und den ganzen Vorfall aus meinen Gedanken zu verbannen - sollte ich von neuem entdecken müssen, daß alles umgeworfen war, durcheinander und verwirrt, und daß womöglich sogar die Tatsache, daß wir dieses Haus mieten würden, wieder fraglich war? Ich war so verärgert, daß ich unachtsam genug war zu sagen: »Das verstehe ich nicht!«

Und zur Antwort bekam ich: »Ich werde es Ihnen erklären, oder besser gesagt, ich werde Ihnen die Erklärung bringen. Glauben Sie mir, es wird Sie interessieren, und ich brauche Ihre Mitarbeit.«

Meine vorübergehende Verärgerung begann einem gewissen Interesse zu weichen, denn ich kann niemandem eine Bitte um Hilfe abschlagen.

»Wenn Sie bitte aufstehen und mitkommen würden.«

Ich erhob mich. Der Alte zog aus seiner Aktentasche ein Stück gefaltenen Zeitungspapiers mittlerer Größe, legte es auf den steinernen Tisch zu meiner Rechten und wandte sich zum gartenseitigen Eingang der Laube. Er ging hindurch und bog dann scharf nach rechts. Pflichtergeben war ich ihm gefolgt. Die hohe, dichte Hecke der Laube lag nun zwischen uns und dem Sitzplatz mit den beiden Tischen. Da es sich um eine Buchenhecke handelte, hatten, auch wenn die frischen Blätter noch nicht voll entfaltet waren, die alten, wie es so schön bei dieser Baumsorte ist, wenn man sie für Hecken verwendet, die Freundlichkeit besessen, noch in genügender Zahl hängenzubleiben, so daß sie unverminderten Schutz boten. Der Gedanke drängte sich mir auf, wie sehr diese verschrumpelten Blätter, die noch immer auf ihrem Posten waren und ihre Pflicht taten, den treuen und leider heute fast ausgestorbenen alten Dienern glichen, die, auch wenn es an der Zeit war, in den Ruhestand zu treten, noch im Haushalt blieben und gefällig waren, bis ihre Nachfolger hinreichende Kenntnisse erworben hatten, so daß keine Unterbrechung der uralten Routine eintrat. Die ineinandergeflochtenen Äste waren auch - trotz der Klage des Vorbesitzers, von der berichtet wurde - an dieser Stelle so dicht, daß sie wie Korbgeflecht wirkten. So fand ich denn, als wir innehielten und diesen lebendigen Arrasteppich betrachteten, daß man, obwohl wir tatsächlich nur drei oder vier Meter von der Stelle entfernt standen, an der ich zuvor gesessen hatte, ebensowenig einen Blick ins Innere der Laube werfen konnte oder auf das Haus, das sich jenseits davon erstreckte, wie wenn man auf eine massive Backsteinwand geblickt hätte.

»Mr. Silchester.«

Mr. M. richtete das Wort an mich in jenem Tonfall, in dem er nur zu sprechen pflegte, wenn kein Zweifel bestand, daß ich ihm einen wirklichen Gefallen tun konnte. Das kommt, wie Sie sich denken können, selten genug vor, doch der Ton ist so unverwechselbar, daß ich sofort weiß, daß es zur Sache geht, und ich kann nicht leugnen, daß ich in solchen Fällen Begeisterung verspüre.

»Mr. Silchester, wollen Sie mir einen wirklichen Gefallen tun, indem Sie hier stehenbleiben? Sie werden wahrscheinlich nicht länger als zehn Minuten oder vielleicht eine Viertelstunde warten müssen. Wenn Sie bitte innerhalb dieses Zeitraums vollkommen schweigend verharren wollen und sich nicht von der Stelle rühren, ich glaube, mehr wird nicht nötig sein, und es hängt möglicherweise viel davon ab.«

Jeder hätte diese Erregung verspürt, eine Spannung, die durch den Ernst seines Tonfalls geweckt wurde. Ich nickte, und er kehrte zurück in die Laube. Ich hörte, wie er hinter dem blätternen Arras hantierte, konnte aber nicht das geringste erspähen. Während ich noch versuchte hindurchzuspähen, vernahm ich Janes Stimme, hinter der Bühne, aber in voller Fahrt.

»Er ist draußen im Garten. So ein netter Herr. Ich glaube, sie werden das Haus nehmen. Natürlich ließ es sich nicht vermeiden, daß sie davon erfuhren, aber der Mann, der deswegen aus London hier war, hat sie voll und ganz beruhigt. Ist ja Unsinn, jetzt noch zu klagen, daß die Milch verschüttet ist, nicht wahr? Zumal sie schon ziemlich sauer war.«

Diese Salven blieben offenbar ohne Antwort, obwohl ich nun außer den Schritten Janes weitere Schritte vernahm.

Einen Augenblick später hörte ich sie sagen: »Ah, hier haben wir Mr. Mycroft ja schon, er erwartet Sie in der Laube.« Und dann: »Mr. Mycroft, Sir, das ist Mr. Millum, der, wie Sie es wünschten, eben herübergekommen ist, um zu sehen, ob er Ihnen behilflich sein und noch etwas über das Haus und dergleichen sagen kann.«

Man ließ Jane gehen, und ich hörte, wie eine tiefe, angenehme Stimme Begrüßungsworte sprach, und Mr. M. ihn bat, Platz zu nehmen, denn Jane hatte noch einen Stuhl aus dem Hause gebracht.

»Sie wissen«, hob Mr. M. an, »daß der Vorfall, der dazu führte, daß dieses Haus zu vermieten ist, offiziell zu den Akten gelegt ist.«

Es folgte eine kurze Pause, in der, wie ich annahm, der Befragte mit einem Nicken antwortete. Wenn er vorhatte, alle Fragen mit nichts als einem Nicken oder Schulterzucken oder Lächeln zu beantworten, dann war meine Lage nicht so vorteilhaft, wie ich erhofft hatte, nämlich die Lage desjenigen, der ohne schlechtes Gewissen lauschen darf. Ich begann, ohne etwas zu sehen, die Mauer aus grünen und braunen Blättern und Zweigen anzustarren. Mit einem Male, als ich mit meiner Nase direkt davor stand, bemerkte ich, daß ich durch ein winziges Löchlein zwischen einem vertrockneten Blatt und einem Zweig hindurchsehen konnte, und durch dieses Löchlein, das die Natur gelassen hatte, konnte ich mir einen gewissen Eindruck von der Szene verschaffen, die ich bisher nur mit dem Gehör hatte erfassen können.

Mr. M. saß, ganz als sei er der Hausherr, auf dem steinernen Stuhl, und zu seiner Rechten saß, mit dem Rücken zu mir, jener Mr. Millum. Ich lief keinerlei Gefahr, entdeckt zu werden, denn selbst wenn ihr Blick auf die Stelle, an der ich hindurchblickte, gefallen wäre, hätten sie nichts als Laub gesehen. So wie die Dinge standen, hatte Mr. Millum mir den Rücken zugewandt, und Mr. M. saß im Profil. Der steinerne Tisch mit dem Blatt Papier darauf befand sich nun auf Mr. M.s linker Seite, und da er es mit der Hand festhielt, als ob er verhindern wolle, daß es davonflog, war auch er weit genug von mir abgewandt, um nicht zu bemerken, daß ich mich, wie ich befürchtete, über seine Instruktionen hinwegsetzte. Doch im Grunde war ich froh, daß ich mehr tun konnte, als mir aufgetragen war.

Einen Augenblick lang war alles still und unverfänglich. Mr. M. fuhr mit seiner sanften, ruhigen Stimme fort:

»Das bedeutet, wenn nicht vollkommen neuartiges Beweismaterial auftaucht, wird nichts weiter geschehen. Die Gerichtsbarkeit und ihre ausführenden Organe sind, und dies zu Recht, zufrieden mit dem, was als hinreichender Beweis für die wahrscheinlichste Annahme gilt. Aber sehen Sie, ich bin Amateur, und das im wahrsten Sinne dieses oftmals mißbrauchten Wortes, ich bin ein Mann, der seine Arbeit um ihrer selbst willen liebt, nicht des materiellen Gewinns oder eines altruistischen Motives wegen. Was mich treibt, ist der Wunsch zu verstehen, und ich kann dankbar sagen, daß ich kein bezahlter Diener jenes seltsamen und häufig unwissenschaftlichen, noch dazu oft inhumanen, Instrumentes bin, das man die Justiz nennt, und in ihrer schärfsten und vielleicht unzugänglichsten Form die Strafjustiz.«

Er pausierte, und ich sah, wie der Rücken, den ich im Blick hatte, sich rührte und ein wenig die Schultern zusammenzog.

Vielleicht um seinen Besucher, dessen Aufmerksamkeit offenbar nachgelassen hatte, aus der Reserve zu locken, fragte Mr. M. an dieser Stelle unvermittelt:

»Ob Sie wohl eine Zigarette für mich hätten?«

Ich war ein wenig erstaunt über diese Bitte, denn Mr. M. rauchte nur selten, und wenn, dann hin und wieder eine eher teure ägyptische Zigarette, die er meist vor sich hin brennen ließ, wobei er dem feinen Rauchfaden nachblickte, und die er nur von Zeit zu Zeit mit einem einzelnen Zug zum Brennen ermunterte.

Sein Gast schien erleichtert und zog sogleich eine Schachtel aus der Tasche. Es waren gewöhnliche, große Virginia-Zigaretten. Doch Mr. M. nahm trotzdem an, steckte den Glimmstengel zwischen die Lippen und bat:

»Haben Sie ein Streichholz?«

Da er in der Rechten noch die Zigarettenschachtel hielt, holte der Besucher sein Feuerzeug mit der Linken hervor, schnippte mit dem Daumen die gefederte Kappe auf und hielt die kleine Flamme Mr. M. hin, der sich vorbeugte, an der Zigarette zog und sich dann wieder zurücklehnte. Doch wie ich ihm hätte voraussagen können, war sie nichts für ihn, und nach einigen Zügen legte er sie beiseite, wo sie rasch ausging. Dann nahm er sein Gespräch wieder auf, nun in leichterem Tonfall.

»Wenn es einem Menschen wirklich auf Beweise um der Beweise willen ankommt«, fuhr er fort, »was bedeutet, daß es ihm um Wahrheit um der Wahrheit willen geht, dann kann er sich nicht mit dem Wahrscheinlichen zufriedengeben - er braucht Gewißheit.«

Wiederum trat eine Pause ein, und ich dachte mir, daß Mr. M. wohl darauf wartete, eine Antwort zu bekommen. Wenn ja, dann erfüllte sich seine Hoffnung nicht. Ich sah, wie er den Blick hinauf zum Dach der Laube wandte, als warte er auf etwas. Dann, als das Schweigen andauerte, fuhr er leichthin fort: »Wunderbares natürliches Dach, das die Buche abgibt - ein vollkommener Schutz. Wie Vergil es vor so langer Zeit formulierte: ›*sub tegimine fagi*‹.«

Ich sah, wie der andere jäh den Kopf hob und offenbar Mr. M.s Blickrichtung folgte, wobei er den Blick ebenfalls zum Dach der Laube und dann wieder auf Mr. M. richtete, der ihn noch immer nicht ansah. Schließlich ließ Mr. Millum den Kopf sinken und blickte nur noch zu Boden. Da begriff Mr. M. wohl, daß er, wenn er von diesem Mann noch etwas über dessen selbstmörderischen Freund erfahren wollte, gezielter nachfragen mußte.

»Mr. Millum«, hob Mr. M. mit ruhiger, doch ausgesprochen klarer Stimme an, »Sie kannten den verstorbenen Herrn dieses Hauses gut. Es kann kein Zweifel bestehen, daß er ein düsterer, depressiver, egozentrischer und, ich glaube das dürfen wir sagen, mißtrauischer Mensch war. Das ist die Art von Persönlichkeit, bei der wir zu Recht an Selbstmord denken. Aber in der Regel gibt es irgend einen kleinen Anlaß, einen ›Auslöser‹, der die verborgene Mine der Verzweiflung zündet und das Opfer hinaus ins Unbekannte schleudert. Wissen Sie vielleicht von einem Vorfall, der

Mr. Sankey zu jener unwiderruflichen Verzweiflungstat verleitet haben könnte – ich meine, ihn auf die Idee gebracht haben könnte, sich auf diese Weise das Leben zu nehmen? Selbstsüchtige Menschen sind in der Regel ängstlich und meiden jeden Schmerz. Ein Stich ins Herz dürfte doch ausgesprochen schmerzhaft sein, nicht wahr?«

Das erweckte den Befragten zum Leben. »Nicht unbedingt. Ganz und gar nicht. Es gibt ... es gibt Berichte über Fälle, in denen es offenbar schmerzlos war – vollkommen schmerzlos!«

»Selbst mit einer so unpraktischen Waffe wie einem Papiermesser?«

»Nun, das hängt alles von dem Geschick ab, mit dem ... mit dem der Stoß geführt wird. Ich weiß noch, daß Mr. Sankey häufig mit einer scharfen kleinen Klinge spielte, die er als Papiermesser benutzte – ein antikes Stück – und mir oft die Stelle von ›einer Nadel bloß‹ aus Hamlets Selbstmord-Monolog rezitierte.«

»Tatsächlich, das rezitierte er!«

Mr. M. hatte sich langsam umgewandt und blickte nun Mr. Millum ins Gesicht.

»Tatsächlich?«

Die Wendung, beim ersten Mal noch in fragendem Tonfall mit einem Unterton von Überraschung gesprochen, bekam nun bei der Wiederholung etwas Drohendes.

»Tatsächlich!«

Beim dritten Mal konnte es keinen Zweifel mehr geben. Was Mr. M. meinte, war: »Sie wissen genau, daß er es nicht tat.«

»Oh ja, das rezitierte er«, antwortete sein Gegenüber erregt, »doch, wirklich, mehr als einmal. Das hat ihm ... ich meine, er war wirklich ein entsetzlich unglücklicher Mensch, er steckte wirklich in der Klemme, er wußte wirklich nicht mehr ein noch aus.«

Er stockte, und Mr. M. sagte bedächtig: »Und Sie ...?«

Sein Gegenüber faßte sich. »Und ich war deshalb nicht überrascht, als das Ende kam.«

»Nein«, sagte Mr. M. »Nein, Sie waren nicht überrascht, *Sie* verblüffte es nicht im geringsten. Aber Sie werden vielleicht verstehen, daß *ich* mir noch immer meine Gedanken mache?«

Mr. Millum erhob sich. »Mr. Mycroft«, sagte er mit vollendeter Höflichkeit, »ich will nicht bestreiten, daß Sie, nachdem der Inspektor sie darum gebeten hatte, jedes Recht hatten, als zusätzlicher Berater zu fungieren, und ebenso haben Sie jedes Recht, als potentieller Mieter dies Haus hier zu besichtigen. Ich bin gern bereit, alles in meiner Macht Stehende zu tun, sowohl die offiziellen Ermittlungen zu unterstützen als auch jemandem behilflich zu sein, der vielleicht mein Nachbar für den Sommer werden möchte. Aber ich glaube, Sie werden verstehen, daß ich es nicht für ratsam halte, Ihre beiden Interessen miteinander zu vermischen. Die erstere Angelegenheit ist, wie Sie selbst sagen, zu den Akten gelegt. Es ist ein Thema, das mir persönlich großen Schmerz bereitet. Ich kann nicht erwarten, daß Sie von Berufs wegen meine Gefühle respektieren, und ich habe kein Recht, es von Ihnen zu fordern, selbst wenn Sie sich als Amateur bezeichnen. Aber wenn selbst die Beziehung des Amateurs zur beruflichen Seite nicht mehr besteht, dann habe ich gewiß das Recht, Sie, wenn Sie als potentieller Mieter dieses Hauses meine Hilfe wünschen, zu ersuchen, sich nicht mehr in jene bedauerlichen Dinge zu mischen, die ihr Ende gefunden haben ... im Grab.«

Ich glaube, Mr. M. war tatsächlich einigermaßen verdattert darüber, daß sein Gegenüber ihn dermaßen zurechtwies. Er sprach kein Wort, doch tat er etwas. Er erhob sich. Mr. Millum erhob sich ebenfalls. Sie wandten sich in Richtung Haus. Doch bevor sie noch einen Schritt gegangen waren, schoß Mr. Mycrofts linke Hand vor, und mit den Spitzen seiner langen Finger wischte er den Bogen Zeitungspapier beiseite, der auf dem Tisch zu seiner Linken gelegen hatte. Das Papier schwebte zu Boden. Aber seine Finger blieben, wo sie waren, und zeigten auf den Tisch. Der andere stand wie angewurzelt da, wie ein Jagdhund, der plötzlich das verborgene Wild erspäht hat. Doch teilte er nicht die Begeisterung eines solchen Hundes. Ich konnte jetzt ein wenig von seinem Gesicht sehen, und selbst wenn ich es nicht hätte sehen können, hätte mir die Anspannung seines Körpers verraten, daß er sich plötzlich etwas gegenübersah, das ihn in Bann schlug. Doch als ich nachsah, was für ein Basilisk es war, der ihn zu Stein werden ließ, hätte ich beinahe laut gelacht. Da stand Mr. M., in einer Haltung, die an das pompöse deutsche Bild von Bismarck erinnerte, wie er auf die Landkarte Elsaß-Lothringens zeigt und es von den beiden geduckt dastehenden französischen Ministern fordert. Doch worauf Mr. M. wies und wovor der andere zurückschreckte, waren - wer hätte das für möglich gehalten - das Papiermesser, der Drahtspanner und die alte, rußverschmierte Blattfeder des längst zerstörten Rollstuhls! Zu welch ehrwürdiger Sammlung, die er offenbar zärtlich gepflegt hatte, er als krönenden Blumenschmuck noch den verwelkten großen Zweig der getrimmten Buchenhecke hinzugefügt hatte, mit dem er sich bei unserer ersten Besichtigung des Gartens über die Stiefel gefahren war.

Und doch erzielte er mit dieser jämmerlichen Sammlung den Effekt, auf den er offenbar gerechnet hatte. Ich konnte es mir nur so erklären, daß Mr. M., wie ein Medizinmann im australischen Busch einen anderen Eingeborenen (wie man mir einmal erzählt hat) mit Hilfe eines ähnlich wertlosen Bündels hypnotisieren kann - um so wirkungsvoller, je absurder es dem vernünftigen Auge erscheint -, plötzlich seinen Gesprächspartner, der im Begriff gewesen war sich ihm zu entziehen, mit einem Bann belegt hatte.

Es war ebenso komisch wie unheimlich. Ich erschauderte und wollte doch lachen - ich war in jenem merkwürdigen Zustand, in dem man nicht weiß, ob man amüsiert ist oder Furcht empfindet. Doch in einem Punkt konnte kein Zweifel bestehen: So unerklärlich es auch schien, war doch nur zu offensichtlich, daß Mr. Millum diese zufällig zusammengetragene Sammlung von Müll als etwas ebenso Ernstes, und Dramatisches empfand wie Mr. M. - ja, er hatte die todernste Miene eines Mannes, der auf seinem Wege plötzlich eine Schlange entdeckt hat, die sich aufgerichtet hat zum Biß.

Mr. M. ließ sich nicht zweimal bitten, diesen Vorteil auszunutzen, mit welch obskuren Mitteln er ihn auch immer erzielt haben mochte.

»Behaupten Sie immer noch, es war Selbstmord?« rief er, beinahe im Ton eines Straßenräubers, der ruft: »Geld oder Leben!«

»Nein«, antwortete sein Gegenüber, »nein.«

Und damit fand er seine Stimme wieder, die nichts als ein heiseres Flüstern gewesen war, und sagte mit einer Ruhe und Festigkeit, die das Unheimlichste und am Ende das Überzeugendste an diesem seltsamen Drama waren: »Ich bin froh, daß Sie mich gestellt haben. Ich hätte es nicht mehr lange ertragen. Es schien das Richtige ... mehr noch, das Unvermeidliche. Bis ... bis es dann wirklich geschah. Und da begriff ich, daß es nichts half. Es war nur noch ein Fehler mehr. Nun, Sie haben es zu Ende gebracht. Und wenn ich nicht mehr bin, dann geht die Rechnung auf, nicht wahr?«

Mr. M. antwortete ebenso ruhig, nun ohne alles Dramatische, ja sogar ohne Nachdruck, sondern einfach wie ein Arbeitskollege, der an derselben Aufgabe sitzt. »Nein, gerade das ist der Punkt, an dem ich mir unsicher bin. Und gerade diese Frage ist es, an der mir im Laufe meines Lebens immer größere Zweifel gekommen sind. Wenn wir nun in dieser Angelegenheit einfach nur nach den herkömmlichen Regeln fortfahren, geschieht nichts weiter, als daß, ebenso wie Sie die Verantwortung dafür übernahmen, daß ein fremdes Leben zu Ende ging, ich meinerseits diese Art von sinnloser Kontrolle über das Ihre erlange. Das ist nicht das, was ich unter Ausgleich verstehe. Im Gegenteil, es bedeutet doch wohl im Grunde nur, daß es uns nicht gelungen ist, dem Eigentlichen Einhalt zu gebieten, das alles überfährt und uns alle in den Ruin treibt, nicht wahr? Wenn man bedenkt, daß es Sankey in seinen Klauen hatte, daß Sie dann Ihrerseits ihm verfielen, und Sie den Schaden gering halten und seinem Leben ein Ende machen wollten ...?«

Er hielt inne, und es war offensichtlich, daß es als echte Frage an sein Gegenüber gemeint war. Und dieser antwortete ebenso kühl und gelassen.

»Ich verstehe, worauf Sie hinauswollen. Das ist ohne Zweifel die Frage, um die es eigentlich geht. Aber auch wenn wir das einräumen, was sollen wir dann machen?«

»Zunächst einmal«, ergriff Mr. Mycroft wieder das Wort, während er in seiner üblichen ordentlichen Art inmitten dessen, was ich wohl ausgesprochen komplexe Verhandlungen nennen darf, die merkwürdigen Karten seines Tricks, der so überzeugend funktioniert hatte, zusammenräumte, »käme es darauf an, das ›Warum?‹ zu kennen, nicht wahr? Wenn ich etwas über die Detektivarbeit gelernt habe, dann das. Auch wenn es oft nicht weiter schwer ist, hinter das ›Wie?‹ zu kommen, ist unsere Wissenschaft, wie alle anderen auch, bedauernswert unvollkommen. Oft genug geht sie in die Irre, weil sie nicht über das ›Wie?‹ hinauskommt zur Frage des ›Warum?‹«

Er hielt inne, dann änderte sich plötzlich sein Tonfall, er wurde scharf, klar und selbstsicher.

»Nun denn, wir wollen da beginnen, wo wir stehen. Zunächst einmal, was wissen wir?« Und statt auf eine Antwort Millums zu warten, wandte sich Mr. M. zu diesem um, sah ihn geradewegs an und sagte, mit einer gewissen Leichtigkeit, aber doch mit Nachdruck auf dem letzten Wort: »Verstehen Sie, es gibt ja keinen *Beweis*!«

Millum blickte auf, doch Mr. M. fuhr bereits fort: »Vergessen Sie nicht, daß der Inspektor, der offiziell mit der Untersuchung betraut ist, seinen ersten Eindruck, seinen leichten Verdacht - ich glaube, er war nie allzu stark - als irrig abgetan hat. Seine neue Überzeugung, derer er sich gewiß ist und die er für bewiesen hält, hat die alte Vorstellung vertrieben. Theorien, die erst einmal von ihren eigenen Urhebern verworfen sind, sind nur sehr schwer wiederzubeleben - ebensowenig, wie man einen toten Mann wieder zum Leben erwecken kann. Haben logische Schlüsse erst einmal die Stelle falscher Deduktionen eingenommen, so wird ein praktischer Verstand kaum noch einmal zu diesen zurückkehren. Man braucht die Narrenfreiheit eines Amateurs und alle Zeit der Welt, um die alten Ideen noch einmal zu überdenken. Geschäftige Menschen müssen immer vorwärts streben, was vergangen ist, bleibt für sie vergangen, und Seitenpfade sind in ihren Augen Sackgassen. Ich glaube, selbst wenn ich neue Beweise vorlegen könnte, wäre ich wohl nicht in der Lage, diesen Fachmann zu beeindrucken, und er allein könnte das Verfahren wiederaufleben lassen. Und noch weniger könnte ich hoffen, daß eine aufrechte Geschworenenschar im Angesicht eines guten Verteidigers eine Verurteilung ausspräche.«

Er hielt noch einmal inne und sagte dann bedächtig: »Im Grunde steht es Ihnen, wenn Sie es wollen, frei, mir nun ins Gesicht zu sagen, daß das ›Nein‹, das Sie eben ausstießen, sich nicht auf die Frage bezog, die ich an Sie gerichtet hatte, und daß Sie, als Sie sagten, ich hätte Sie gestellt, von etwas ganz anderem sprachen als dem, was ich zu hören glaubte.«

Er wartete, und es herrschte Totenstille, so daß ich den Atem anhielt, aus Furcht, sie könnten mich hören.

Dann antwortete Millum, wiederum zögernd: »Nein, nein, ich will nichts zurücknehmen. Ich will überhaupt nicht noch einmal zurück. Was ich gesagt habe, wiederhole ich: Ich habe es getan. Ich bedaure es, aber ich habe es getan. Inzwischen weiß ich genug, um zu erkennen, daß ich die Sache nicht zu Ende bringe, indem ich schweige. Doch sie muß zu einem Ende kommen, es muß Schluß sein damit. Es ist an Ihnen, über das Wie zu entscheiden. Ich bin zu allem bereit, wenn es nur dieses tragische Spiel beendet, in dem ich Hamlet und ein halbes Dutzend anderer nutzloser Rollen gespielt habe.«

Mr. M. schwieg einen Moment lang. Dann begann er zu lächeln, und was er daraufhin sagte, überraschte mich ebensosehr wie Millum. Denn er tat nichts anderes, als mit lauter Stimme zu rufen: »Mr. Silchester! Mr. Silchester!!«

Millum wirbelte herum, doch ich war so erschrocken, daß ich mit ebensolcher Schnelligkeit um die Ecke geschossen kam und – ein höchst dramatischer Auftritt – am Eingang der Laube erschien, bevor er noch einen Schritt tun konnte.

Wir musterten uns einen Moment lang, dann sagte Mr. M.: »Mr. Millum, Sie sehen, ich habe Sie ein wenig auf die Probe gestellt. Wenn Sie geleugnet hätten, was Sie vorhin sagten, so hätte ich einen Zeugen gehabt.«

Dann fuhr er, bevor der andere etwas erwidern konnte, fort: »Glauben Sie mir, ich habe es nicht getan, um Sie in die Falle zu locken. Nein, mein Entschluß stand längst fest, noch ehe Sie die Möglichkeit hatten abzustreiten, daß Sie auch nur das geringste wußten. Ich werde Sie nicht der Justiz überantworten, obwohl ich glaube, daß meine Beweise schlagkräftiger sind und überzeugender dargestellt werden könnten, als ich es hier erscheinen ließ. Nun kann ich Ihnen verraten, daß ich mir vorgenommen hatte, Sie auf die Probe zu stellen. Und hätten Sie diese erste Probe nicht bestanden - nun, dann hätte ich Ihnen die Chance einer zweiten gegeben. Denn, sehen Sie, Mr. Silchester hielt sich - nicht aus freien Stücken, sondern auf mein Geheiß - hinter der Hecke versteckt, als der erforderliche zweite Zeuge. Wären Sie beim ersten Mal schwach geworden, so hätte ich mich lediglich dieses weiteren Umstands bedient, um Ihnen Mut zu machen, das in die Tat umzusetzen, was Ihr echter Wille war, an dem Sie, verständlicherweise, selbst zu dieser späten Stunde einen Moment lang schwankend und irre geworden wären, als sich eine mögliche Tür zur Flucht zu eröffnen schien. Dann, ich wiederhole es, hätte ich Sie zum zweiten Male gefragt, ob Sie sich der Angelegenheit stellen wollten, und ich bin sicher, Sie hätten Ja gesagt. Doch ich freue mich«, und mit diesen Worten streckte er seinem Gegenüber die Hand entgegen, die dieser ergriff, »ich freue mich, daß Sie den richtigen Weg gewählt haben, als es noch schien, als ob auch jener Weg Ihnen offenstünde, der Sie in Wirklichkeit nur tiefer in den Abgrund geführt hätte. Sie bestanden die Probe beim ersten Mal, so wie ich es nach allem, was ich von Ihnen gehört hatte, und dann nach allem, was ich vor mir sah, nicht anders erwartet hatte. Nun will ich Sie mit meinem Kollegen, Mr. Silchester, bekannt machen. Er hat vielleicht, so wie gerade eben, oft Rollen zu spielen, die eher wie Nebenrollen wirken. Doch das heißt nicht, daß sie nicht von entscheidender Bedeutung für das Stück sind. Und sie haben den Vorteil, daß er von seiner Position aus oft den größten Teil des Spielfelds überblickt.«

Mr. Millum wandte sich um und streckte mir die Hand entgegen. Keine Frage, sein Gesicht war gezeichnet. Aber es war, wenn ich mir diese launige, aber doch zutreffende Formulierung gestatten darf, auf die richtige Weise gezeichnet. Auf den ersten Blick sah ich, daß es kein starkes Gesicht war. Doch das bedeutete für mich eher Erleichterung, als wenn es anders gewesen wäre – meine eigenen, nicht allzu markanten Konturen müssen schließlich stets, wenn man so sagen darf, ihr Leben im Schatten von Mr. M.s messerscharfem Profil fristen. Mr. Millum war ein Mann mittleren Alters, und die Jahre hatten ihn schon ein wenig gezeichnet. Doch alles in allem hatte er dem Ansturm wacker standgehalten und eine angenehme, wenn auch nicht gerade stahlharte Festigung erfahren. Ich war ihm also gewogen. Natürlich ist es ein ziemlicher Schock, wenn man so unvermittelt eine Hand schütteln soll, an der, wie die Romanciers zu sagen pflegen, Blut klebt. Doch ich ergriff sie, denn hatte man mich nicht eben erst noch einen Kollegen genannt? Und es war für mich keine Frage, daß, wenn mein Partner keinerlei Widerwillen zeigte und offenbar auch keinen verspürte, ich es ebensowenig zu tun brauchte. So reichten wir uns denn die Hände, und der feste Griff, den ich empfing, verstärkte meine Gewißheit noch. Der taktile Sinn ist, wie ich, so hoffe ich, am Anfang dieses Berichtes klar gemacht habe, etwas ausgesprochen Aufschlußreiches.

Kaum hatten wir wieder Platz genommen, als zu unserer Versammlung eine vierte Person hinzutrat - Jane. Jegliches Gefühl von Störung wich angesichts ihrer Ankündigung:

»Die Köchin wünscht einen guten Morgen und läßt fragen, ob die drei Herren zu einem kleinen Mittagessen im Garten bleiben möchten? Sie würde Ihnen mit Freuden etwas zubereiten, wenn Sie es wünschen.«

Mr. M. verbeugte sich elegant in seinem Konsulsessel und nahm für uns an. Als sie sich nach erfolgreicher Erledigung ihrer Besorgung wieder zu jener Autorität zurückgezogen hatte, von der sie geschickt worden war, meinte Mr. M.:

»Das trifft sich ausgezeichnet. So haben wir viel Zeit zur Verfügung. Wir werden sie brauchen. Also, Mr. Millum, ich denke, daß wir, wie gesagt, das ›Wie‹ geklärt haben. Aber ich wiederhole noch einmal, daß ich das ›Warum‹ nicht kenne. Und solange ich das nicht erfahre, hat die ganze Angelegenheit außer in juristischer Hinsicht keinerlei Bedeutung; und diese hatten wir ja beschlossen, zugunsten der eigentlichen zu vernachlässigen. Weder hier noch sonst irgendwo kann das ›Wie‹ uns etwas über das wirkliche Geheimnis verraten; das wirkliche Geheimnis, ohne das wir niemals erfahren werden, was wir sind und wo wir stehen, ist das Geheimnis des Motivs. Wollen Sie uns das anvertrauen? Denn bevor wir das nicht wissen, können wir drei« - es war nett von ihm, mich in der Mannschaft zu behalten - »können wir drei niemals erkennen, was zu tun ist und wie wir diese Angelegenheit zu einem wirklichen Ende führen können. Denn ich bin ganz Ihrer Meinung, Mr. Millum, daß, auch wenn wir uns einig sind, daß es zu nichts führt, dieser Angelegenheit den falschen Schluß aufzustülpen, den die Gerichtsbarkeit zu bieten hat, wir den Schluß dennoch nicht offen lassen können. Wir müssen uns alle Mühe geben, den wirklichen Abschluß zu finden. Und so möchte ich hinzufügen, wenn wir ihn gefunden haben, werden wir nicht nur mehr darüber wissen, warum dies alles geschah; wir werden, sollten wir diesen Wunsch hegen, auch etwas mehr darüber wissen, warum wir alle uns so verhalten, wie wir uns verhalten, und wie wir zu dem werden, was wir sind.«

Der andere nickte nur, bot mir seinen Stuhl an, und indem er sich zu Füßen des Platzes niedersetzte, von dem aus Mr. M. den Vorsitz führte, hob er an. Er sprach mit ruhiger Stimme, seine Gedanken so klar und ordentlich wie bei einem guten Zeugen, der sich darangibt, eine lange Geschichte darzulegen, bei der auch die kleinste Einzelheit von entscheidender Bedeutung für das Gericht sein kann.

Kapitel III

Mr. Millums »Warum?«

Sankey und ich, wir lernten uns vor dreiundzwanzig Jahren kennen. Wir steckten damals beide noch in jener langwierigen und reichlich überflüssigen Lebensphase, die man den Erwerb einer umfassenden Bildung nennt, und gaben vor, uns mit dem zu beschäftigen, was bisweilen euphemistisch als Doktorandenstudium bezeichnet wird. Wir kamen mit etlichen weiteren Nichtstuern dieser Art zusammen - jungen, wohlhabenden Menschen, die sich unverbindlich ein wenig mit Kunst beschäftigten oder sich mit den vornehmeren Sparten des Journalismus die Zeit vertrieben. Wir waren, so versicherten wir uns - unser lockeres Grüppchen, meine ich -, die dritte und letzte Blüte der Londoner Intelligenz. Zum ersten Mal war sie draußen in Chelsea zur Blute gekommen, jenem westlichen Vorort am Fluß, der seit Turner, seit dessen Säufern und scharlachroten Sonnenuntergängen, als Treffpunkt der Boheme galt; dann kam Whistler, der sie mit seinem ätzenden Witz in ›Battersea Bridge‹ und den anderen ›River Nocturnes‹ in Silber und Lapislazuli tauchte; und ihren Höhepunkt erreichte die Bewegung mit der schwülen Atmosphäre des Fin de Siècle, mit dem *Yellow Book* und den Skandalen Oscar Wildes in der Tite Street, bevor sie dann allesamt zum Überwintern in das Zuchthaus von Reading gesteckt wurden.«

Ich mußte ein wenig lächeln über diesen kurzgefaßten Abriß der Kulturgeschichte West-Londons. Mr. Millum, das spürte ich sogleich, mußte früher einmal ein Spötter gewesen sein, und ich bin immer dankbar für ein wenig Humor. Er ist stets ein gutes Mittel, meinen leicht erschlaffenden Appetit auf das Ernsthafte wiederzubeleben. Mr. M. brauchte keinen solchen Aperitif, und da er nun ganz in der Rolle des Richters aufgegangen war, ermunterte er ihn lediglich mit einer Verbeugung weiterzusprechen.

»Nun«, fuhr Mr. Millum in seinem ruhigen, sachlichen Tonfall fort, beinahe als lese er uns laut aus einem Band mit Memoiren vor, »bald nach dem Ersten Weltkrieg zog die Gesellschaft dann aus Chelsea fort, die selbsterklärte Crème, der Rahm, der die Milch gewöhnlicherer menschlicher Talente krönte, floß davon. Dieser Treck des selbsterwählten Volkes ließ sich sogleich in einem anderen Winkel Londons nieder, Bloomsbury – einem Viertel, das einst als Inbegriff der Respektabilität gegolten hatte. Das gehörte zu ihrer Pose dazu – als Bohemiens mitten im Zentrum viktorianischer Strenge zu leben.

Und dann kamen wir, die dritte und letzte Phase des säuerlich guten Geschmacks und der hohlen Manieren. Wir waren fest entschlossen, jene ›zweite Welle‹, die sich für endgültig und unübertrefflich hielt, zur Provinz zu deklassieren – ihnen zu zeigen, daß die, die sich als Bewohner der Metropole gerierten, in Wirklichkeit in die Gartenvorstadt gehörten. Sie waren einfach nur eine Kreuzung aus London und Cambridge – ein passabler französischer Akzent, ein Braque oder Picasso an der Wand, vielleicht eine Wohnung in Paris, und ein wenig auf George Moore getrimmt. Wir hingegen waren tatsächlich nahezu kosmopolitisch. Und so wählte sich unsere Gruppe einen anderen ärmlichen Vorort, den wir kulturell aufzuwerten gedachten – Notting Hill. Wir nannten uns den Notting Hill-Nukleus.

Wir stilisierten uns zur Gruppe. Wir einigten uns auf bestimmte Skurrilitäten, die uns von jenen früheren Intellektuellenzirkeln unterscheiden sollten, die sich ebenfalls um Unverwechselbarkeit und Exklusivität bemüht hatten. Wir alle waren, wie das *Who's Who* es zu formulieren pflegt, ›im Ausland erzogen‹ worden. Keiner von uns war auf einer der großen Privatschulen gewesen, und fast alle hatten wir Teile unserer Ausbildung an ein oder zwei bedeutenden kontinentalen Universitäten absolviert. Wir fanden London entzückend altmodisch. Seine schäbigen Straßen und seine noch schäbigeren Hotels hatten für uns etwas von jenem exotischen Flair, das das verlauste Gewimmel eines Basars in Istanbul für den gewöhnlichen Globetrotter hat. Wir agierten in unserem Leben nicht, wir reagierten. Wir legten es darauf an, stets das zu genießen, was auch der breiten Masse gefiel - doch immer aus ›falschen‹, abwegigen Gründen. Wir richteten uns nach edwardianischem Geschmack ein - mit Sachen, die noch nicht antik, sondern einfach nur aus der Mode gekommen waren. Wir waren begeistert, daß wir uns über eine solche Melange amüsieren konnten, die jene klugen Besucher, die wir gelegentlich von Bloomsbury mit herüberbrachten, damit sie uns sehen und ihren Abscheu zum Ausdruck bringen konnten und dadurch unser Gefühl der Überlegenheit noch weiter untermauerten, als schlichtweg schlechter Geschmack verblüffte und schockierte. Barock und Rokoko, das war nichts für uns, wir hielten uns an den neusten Gothic Revival oder ans ›Jakobethanische‹. Wir kauften Alma-Tadema statt Bildern von Dali. Unsere Vorzeigestücke waren Replikate der ›Erwachenden Seele‹ von Sant und von ›Des Doktors Ratschluß‹ von Sir Luke Fildes, die unsere Wände zierten, nicht Modigliani-Akte und zierliche Duncan Grants. Wir schockierten selbst die, die schockieren wollten. Sie hatten zumindest ihre neueste blutarme, manierierte Kunst, die sie vergötterten. Wir vergötterten nichts, wir behandelten die Kunst mit derselben amüsierten Verachtung und demselben Hohn, mit denen wir die Religion abtaten. ›Das Groteske in allem zu entdecken, das ist das Geheimnis des Lebens‹, lautete eines unserer Motti. Wir dachten, es gäbe nichts, was wir nicht mit einem Lachen übertrumpfen konnten.«

Der jüngere Mr. M. blickte auf und hielt inne. Der ältere lächelte leise. Doch mittlerweile fand ich diese Einleitung, nun wo sie immer weiter ausuferte, ein wenig zu weitschweifig. Der Humor bekam langsam einen etwas unangenehmen Ton. Ein Unterton von, man möchte fast sagen, Wahnsinn schlich sich nun unverkennbar ein und machte sich überall breit. Es war eine üble Ahnung, die sich im Laufe von Mr. Millums Erzählung nur allzusehr bewahrheiten sollte.

»Wie es bei solchen Grüppchen üblich ist«, fuhr er fort, »stellten wir fest, daß jeder des anderen ›moralische Unterstützung‹

nötig hatte - so sehr wir uns auch dafür verachtet hätten, eine solche Schwäche einzugestehen. Tatsache ist, daß wir entsprechend handelten. Wir richteten uns unsere Gesellschaft als etwas ausgesprochen Exklusives und Kategorisches ein. Es gab vier Regeln: jeder mußte mindestens vier Sprachen sprechen; er durfte kein Vorurteil kennen; er mußte perfekte Manieren haben; und zum vierten mußte er einen Geschmack haben, der durch nichts zu schockieren war. Alles in allem setzten wir wohl auch um, was wir in diesen merkwürdigen vier Glaubenssätzen predigten. Wir waren wohlhabend - fast alle Einzelkinder, bei den meisten die Eltern gestorben: entwurzelte Gestalten, die im Grunde kaum etwas von der Welt begriffen, und das bei einem beinahe übermäßig entwickelten Verstand. Natürlich langweilten wir uns, wir langweilten uns zu Tode. Ja, um das andere alte Klischee anzubringen, wir waren im wahrsten Sinne des Wortes den Tränen nah vor Langeweile, wenn wir für uns allein waren. Wir kannten keine Grenzen im Emotionalen, keine finanziellen Beschränkungen. Wir wußten kaum etwas von unserer Herkunft, unserem Ursprung, wir hatten keinerlei Lebensinhalt und nicht das geringste Ziel.

Und so, um einen Autor zu zitieren, den Sie vorhin erwähnten und der (was immer man von seinen schriftstellerischen Qualitäten halten mag) gewiß befolgte, was er sagte: ›Wer täte kund, in welchen Höllenschlund die Seele schutzlos strauchelt.‹

Wenn ich mit meiner Erzählung am Ende bin, Mr. Mycroft, dann werde ich Ihnen den Beweis für die Wahrheit dieses Verses erbracht haben, wenn auch ohne die Eleganz des Reimes. Und natürlich«, fuhr Millum mit einem Seufzen fort, »erschöpften wir, da wir uns langweilten, die Atmosphäre unserer eigenen Umgebung bald mehr, als sie durch das wenige, das wir selbst an Vitalität besaßen, bereichert werden konnte. Nicht daß wir uns geschont hätten, und von geistiger Hygiene - von körperlicher übrigens ebenso - wußten wir ungefähr so viel, wie die meisten Slumbewohner.

Das einzige, was wir genießen konnten, das brauche ich wohl kaum hinzuzufügen, war unser Geschlechtsleben, auch wenn es sich stets als eine weitere Manifestation eines lächerlich schlechten

Geschmackes darstellte. Auch dieses mußte zu der Kunst passen, die wir als Rohmaterial für jenes verächtliche Leben sammelten, das unser einziger Lebensinhalt war. Unser Gefühl der Überlegenheit (ohne das wir in uns zusammengesunken wären) beruhte ausschließlich darauf, daß wir jede auch nur erdenkliche Emotion auslachen konnten, so erhaben sie sein mochte oder so gemein – und dabei immer darauf achteten, daß andere nicht über uns lachen konnten, indem wir uns Mühe, ganz außerordentliche Mühe gaben, immer selbst die ersten zu sein, die über uns lachten – über alles an uns, vom Verstand bis hin zu unserer Lust.

Wir waren also wirklich mit unseren eigenen Ressourcen am Ende. Denn wenn alles ohne Ausnahme lächerlich ist, gibt es nichts mehr, was von wirklichem Interesse ist – und dann steht man an der Schwelle zum Wahnsinn. Da wir uns für nichts begeisterten, brauchten wir nur um so mehr Erregung. Doch wo um alles in der Welt sollten wir die finden? Ich glaube, Sankey selbst war es, der vorschlug, einen Club ins Leben rufen, zu dessen Diners wir kuriose Gäste einladen sollten. Jedes Mitglied unserer Gruppe mußte ich verpflichten, einmal im Monat einen wirklich außergewöhnlichen Menschen mitzubringen, der aus einem wirklich selten scheußlichen Bereich der Unterwelt stammen mußte. Der sollte dann der Ehrengast des Abends sein. Indem er uns aus seinem Leben erzählte, könnte er uns vielleicht für eine Stunde oder zwei von unserer quälenden Langeweile befreien, von unserer Sammlung von Tademas, Poynters, Fildes und Stones, die wir nicht mehr komisch fanden, von der Musik von Balfe und Sousa und dem Bemühen, zu empfinden, wie wunderbar absurd und entsetzlich inhaltslos sie war.

Wir hatten in dem Raum, in dem wir zu dinieren pflegten – in den Neunzigern war es ein zweitrangiger Tanzschuppen gewesen –, ein Motto an die vergoldete Decke schreiben lassen. Wir verteilten die Worte in kufisch angehauchten Lettern rund um den Stucksockel, von dem der Kronleuchter herabhing. ›Wenn's Spaß macht, tu' fast alles in der Welt, doch restlos alles tu' für Geld.‹

Dieser neuen Idee verdankten wir es tatsächlich, daß unser müßiges Leben für etwa ein halbes Jahr in Schwung kam. Das Glück, so launisch es ist, blieb uns treu, und wir konnten mit einer kuriosen Entdeckung nach der anderen aufwarten, ohne daß wir selbst – was uns ja nur recht geschehen wäre – von jenen Wesen aus trüben Wassern, in denen wir gefischt hatten, gebissen worden wären.«

»Tja«, meinte Mr. M. beinahe zu sich selbst, »es durchläuft verschiedene Stadien, zu diesem Schluß bin ich ebenfalls gekommen. Des weiteren habe ich herausgefunden, daß es drei Phasen sind, die in festen Abständen aufeinander folgen: Glück, Schicksalsschlag, Verhängnis.«

Der andere nickte und fuhr fort. »Der erste dieser Fische, den wir angelten, war ohne Frage ein nach unseren Maßstäben vielversprechend dubioses Exemplar, aus hinreichender Tiefe gefischt, und er entsprach ganz den Vorstellungen, die wir von einem Ganoven hatten. Er hatte sich den sprechenden Namen Limey gegeben. Eines der zwielichtigeren Wochenblätter, die von dubiosen Anzeigen und noch dubioseren Preisausschreiben leben und so lange härter und immer härter am Wind segeln, bis Strafanzeige erstattet wird und sie ihr Erscheinen einstellen müssen, hatte sich seiner angenommen. Wöchentlich erschien aus seiner Feder etwas, das als unverblümte autobiographische Skizzen über seine Abenteuer bezeichnet wurde. Er versicherte uns, daß er Engländer sei. Limey, habe ich mir sagen lassen, ist der amerikanische Unterweltsausdruck für das, was anderswo als Brite bezeichnet wird. Und er brüstete sich damit, daß er den bezahlten Mord als florierendes Gewerbe betreibe. Genau genommen war er ein Straßenräuber, und gleichgültig ob er nun tatsächlich der tapfere Bursche war, für den er sich ausgab, oder nicht, so hatte er sich doch ohne Zweifel bemüht, die zweite Zeile des Mottos an unserer Decke in die Tat umzusetzen. Wir hatten seine Artikel – oder was ein ›Ghostwriter‹ für ihn verfaßte – gelesen und waren entzückt von ihrem schlechten Stil und der noch schlechteren Moral. Doch wie verlogen das auch alles sein mochte, es blieb doch ein gewisser Hauch von authentischem Verbrechen. Wir freuten uns auf einen wirklich unterhaltsamen Abend.

Er war ein schlaksiger Mensch, mit pickliger Haut, und unsere Weine mundeten ihm nicht. Was unsere Geschmacksnerven anging, so waren wir altmodisch geblieben und hielten uns an gute Jahrgänge; wären wir konsequent gewesen, so hätte es nur Gin und Ginger Ale, Schnäpse und Sirup geben dürfen. Doch hielten wir allerlei Alkoholika für Gäste bereit, und er bediente sich großzügig. Als er sich hinreichend entspannt hatte, zeigte er uns sein Waffenarsenal, auf dessen Griffen - denn er trug zwei Pistolen - er über seine Morde Buch geführt hatte. Vielleicht war es alles übertrieben, aber wir hatten schon den Eindruck, daß hier ein durchaus solides Mordpotential bestand. Zweifelsohne hätte er uns unsere Gastfreundschaft genau so heimgezahlt, wie wir es verdienten, nämlich indem er uns bei seinem nächsten Besuch, diesmal ohne Einladung, ausgeraubt hätte. Doch in der Woche darauf wurde er von der Polizei gefaßt. Er hatte vergessen, daß in Großbritannien zwei Pistolen als Accessoires im Erscheinungsbild des gepflegten Herrn als ein Zeichen so schlechten Geschmackes gelten, daß man einen jungen Mann in einem solchen Aufzug gar nicht erst auf die Straße läßt.

Bevor er uns an jenem Abend verließ, verriet er uns noch, wen er als nächsten Auftraggeber im Auge hatte. Es handelte sich um einen Armenier, der Drogen nach Ägypten und von dort nach Europa schmuggelte. Er wurde unser nächster Gast. Er unterhielt uns mit Erzählungen von seinen einfallsreichen Arbeitsmethoden - den Kamelen, in deren gewaltigen Schlünden man ganze Ladungen von Heroinpäckchen verstecken konnte, und all den Zirkustricks mit Verstecken in Stiefeln und Hüten und Regenschirmen und Spazierstöcken. Er war der erste, der nicht nur von der Schadenfreude sprach, die es bereitete, die puritanische Polizei und die beamteten Heuchler an der Nase herumzuführen - von denen viele, wie er sagte, von seinem Schmugglerring wußten und selbst Abnehmer seiner Ware waren -, sondern auch von dem anderen kleinen Vergnügen dabei: Geld, dem großen Geld. Er war wohlhabend, keine Frage, er kam in einem schweren Automobil und trug einen Astrachanmantel.

›Natürlich‹, sagte er, ›repräsentiere ich nur die bescheidene und respektable Seite des Schmugglergeschäfts, man könnte fast sagen, eine Beschäftigung für Damen, alles im dezenten Rahmen. Die härteren Burschen verschieben auch härtere Ladungen - nicht bloß Stoff für die Junkies, sondern Waffen - schwere Waffen für schwere Jungs, für die wirklich schweren Jungs. Ich könnte euch Grünschnäbeln da ein paar Namen nennen! Ihr solltet die Männer mal kennenlernen, die den Mumm haben, die Muttersöhnchen auszulachen, die vor Bischöfen auf die Knie fallen! Tja, ich könnte euch mit einem davon bekannt machen, wenn ihr wollt - wenn ihr einen Gast wirklich ohne Vorurteile bewirten wollt. Was mich angeht‹, und damit hob er beschwörend die Hände, ›was bin ich, was nicht schon meine Vorväter gewesen sind? Ein armer alter Händler, der armen, abgekämpften Menschen ein wenig Frieden auf chemischem Wege verschaffen will - letzten Endes der einzige Frieden, den es gibt.‹ Er seufzte tatsächlich und sah nun, wie alle Levantiner es von einer Sekunde auf die andere können, älter und müder aus als der vertrocknetste Pharao.

Er verabschiedete sich bald darauf, doch vorher nannte er uns noch den Namen unseres nächsten Gastes - jemand, der sich als Elsässer ausgab. Er war sehr diskret, und wenn er sprach, dann baute er eine wunderbar rührselige Fassade auf, die uns begeisterte - es war schlechter Geschmack in Vollendung. Er sprach von seinem lieben Vaterland, dem Elsaß, er summte ›Die Elsässer Berge so blau‹, erzählte von seinem kleinen Volk, das um die Freiheit ringe, einem Volk, das Freunde brauche, und davon, wie einfach es für Liberale sei, Flugschriften zu drucken und Tränen zu vergießen und Versammlungen abzuhalten und nichts zu tun. ›Handlungen, meine Herren‹, sagte er, ›Taten, nur damit zeigt man wahres Mitgefühl.‹

Von da kam er auf den illegalen Waffenhandel zu sprechen - keine Namen, lediglich Andeutungen, wo die großen Kämpfe um die Freiheit gefochten würden, und mit wessen Hilfe. Und auch hier, zum zweiten Mal, diesmal mit etwas größerem Nachdruck, war von Geld die Rede. Es sei ein ehrenhaftes, dabei aufwendiges Geschäft, doch Gott sei Dank (jawohl, in unserem Beisein wurde Gott dafür gedankt, und wieder delektierten wir uns an dieser Geschmacklosigkeit) fahre man, wenn man in einem so ehrenhaften Geschäft mit dem Rat des richtigen Landmanns - er gurrte regelrecht, so sehr freute ihn sein kleines Bild - das

Feld bestelle, eine reiche Ernte ein. Natürlich, auf Anerkennung mußte man verzichten; man erwarte keine Dankbarkeit, selbst wenn die Seite, der man seine Hilfe angedeihen lasse, als Sieger hervorgehe. Man müsse also mit dem zufrieden sein, was er Provision nannte – und diese Provision bestand, wie wir erfuhren, aus der erklecklichen Summe von zweihundert Prozent Profit.

Ich glaube, er war bereit, unseren Beitrag für seine gute Sache entgegenzunehmen – denn er begriff, daß wir mehr Geld hatten als wir imstande waren auszugeben –, doch wir, grüne Jungs, die wir waren, hatten noch überhaupt nicht begriffen, was die zweite Zeile unseres Versleins bedeutete. Wir hatten uns beweisen wollen, daß nichts uns schockieren konnte, und da saßen wir nun und durchschauten nicht, daß alles sich um heißes Geld drehte. Als er fort war, brachte einer von uns das Thema zur Sprache, aber im Grunde waren die meisten von uns Angsthasen und fürchteten sich vor der Polizei, und deshalb kamen wir zu dem Schluß, daß er uns ohnehin nichts verraten hätte.«

Mr. M. schüttelte den Kopf. »Wie wahr, und es ist eine gute Stelle, um innezuhalten und über diese bemerkenswerte Geschichte nachzudenken – denn so darf ich sie wohl nennen, und ich habe im Laufe meines Lebens manches zu hören bekommen. Und Jane wartet bereits in der Kulisse, ›das Pendel schlägt der Minuten glücklichen Takt‹.«

Es folgte ein vorzügliches Mittagessen, das mir Appetit darauf machte, mehr von dieser seltsamen Geschichte zu erfahren, die ja irgendwie – ich verstand noch nicht wie, doch Mr. M. schien schon eine Ahnung zu haben – dazu führte, daß wir alle hier zusammengekommen waren, an jenem Ort, der vor so kurzem Schauplatz eines Mordes oder Selbstmordes gewesen war.

»Ich glaube«, nahm Millum seine Erzählung wieder auf, »unser elsässischer Massenmörder war zu dem Schluß gekommen, daß wir Schwächlinge waren, und so erhob er sich mit den Worten: ›Wahrscheinlich finden Sie meine Geschäfte nicht allzu interessant und fast ein wenig zu anständig. Das sind sie auch, ich muß es zugeben; Profit und Patriotismus sind im Grunde meine beiden einzigen Interessen. Sie hingegen zählen ja eher zur *jeunesse dorée,* da werden Sie die Skurrilitäten eines Luxusgeschäftes interessanter finden als meinen einfachen, stahlharten Handel.‹

Es lag so viel Spott in seiner Stimme, daß Sankey, der, glaube ich, der klügste und härteste unter uns war, ihm entgegnete: ›Nun, immerhin laufen Sie ständig Gefahr, erkannt zu werden‹, und da sein Gegenüber sich anschickte, die Gelegenheit zu ergreifen und uns noch weiter zu verspotten, schloß Sankey nicht ohne Eleganz: ›und von der neuen Nation, welche es auch immer sein mag, zum Helden gekürt zu werden, die Brust mit nagelneuen Orden dekoriert zu bekommen, und, keine Frage, zum Außenminister ernannt zu werden!‹

Unser Gast erkannte, daß der Spaß sich gegen ihn zu wenden begann, und schnaubte: ›Wenn Ihnen soviel daran liegt, Ihre Nasen mitten in das zu stecken, was der Welt noch immer als übelster aller Gestänke gilt, dann fragen Sie doch Ihren Landsmann Crofts! Ich gebe mich mit jedem ab, wenn ein Profit dabei herausspringt. Und für meine Begriffe geht es ja nur darum, daß die harten Burschen, die unten sind, sich an die harten Burschen heranmachen, die oben sind. So ist das Leben, ein einziger Kampf. Doch außer uns, die die Geschäfte des Tigers betreiben, gibt es auch noch die Hyänen. Da Sie ja – wie im Märchen – das Fürchten lernen wollen, möchten Sie vielleicht einmal jemanden kennenlernen, den ich für eine menschliche Hyäne halte.‹

Vielleicht glaubte er, wir würden zurückschrecken, doch selbst wenn wir das gewollt hätten, hätten wir es nicht gekonnt. Wir konnten ihn doch nicht mit sämtlichen Trümpfen in der Tasche ziehen lassen. Wir mußten wieder die Oberhand gewinnen. Wiederum war es Sankey, der für uns sprach.

›Wir wollen in unserem Zoo alles sammeln, was auch die Arche sammelte. Wie unser geliebter Volksdichter Kipling nennen wir »nichts gewöhnlich, nichts unrein«, es sei denn, es langweilt uns.‹

›Also gut‹, schnaubte unser Gast, der sich schon zum Gehen wandte, ›wenn Sie den Mumm haben, laden Sie Crofts ein – hier ist die Adresse. Ständig versucht er, seine schmutzige Fracht durch meine Kanäle zu schleusen, aber noch bin ich nicht so arm dran, daß ich ihn auf meine Spur lasse. In meiner Welt muß man tolerant sein, um an die Einkünfte zu gelangen, die uns selbstlosen Patrioten zustehen, uns, die die scheinheiligen Liberalen ›Händler des Todes‹ nennen. Aber noch habe ich meine Nase, und Crofts möchte ich nicht in meiner Nähe haben.‹

Wir kicherten, als unser Gast sich so plötzlich in den Tonfall der hohen Moral verstiegen hatte, und er, nun vollends in Wut geraten, schleuderte uns eine Karte hin und verließ uns mit den Worten: ›Ich hoffe nur, er wird Sie in den Dreck ziehen, was ihm gewiß nicht schwerfallen wird.‹

Als er fort war, stürzten wir uns auf das Kärtchen, das er uns hingeworfen hatte. Es war eine gewöhnliche Visitenkarte, auf der der Name ›Mr. William Crofts‹ geschrieben stand und eine respektable, gute Adresse in Mayfair. Ich wußte nicht woher, aber irgendwie kam mir der Name bekannt vor; doch beschlossen wir, ihn, nachdem er uns so sehr empfohlen worden war, als unseren nächsten Gast einzuladen.

Seine äußere Erscheinung versprach einiges. Er war gut und zurückhaltend gekleidet – eindeutig Saville Row. Doch das Gesicht und die Hände, die aus diesem dezenten Tuch hervorragten, waren wunderbar beunruhigend. Er war kräftig gebaut, zweifellos ein brutaler Mensch, doch die Augen, und er hatte große Augen, waren sehr wachsam – leblos und dabei doch außerordentlich aufmerksam. Auch der Mund hatte, obwohl er grob war, ein angenehm humorvolles Zucken. Keine Frage, er war ein gerissener Mensch, und hinter der Maske eines simplen Schlägers verbarg sich eine außerordentliche Arglist. Er war genau der Richtige für uns, und er schien gern bereit, uns zu unterhalten.

Er begann mit den üblichen Räuberpistolen, die er gutgelaunt und mit einem gewissen Geschick erzählte; als wir Beifall spendeten, fügte er einige farbigere Berichte hinzu. Dann, mit der Bemerkung, daß er es ja offensichtlich mit Erwachsenen zu tun habe, hob er an, uns aus der wirklichen Unterwelt zu erzählen. Während er seine Beispiele zu illustrieren begann, mußte ich wieder darüber nachdenken, daß er Crofts heißen sollte; ich glaubte es nicht so recht, doch gefiel mir dabei die ruhige Unverfrorenheit dieses

Mannes. Auf den Titel eines Baronet hatte er verzichtet, denn das wäre wohl doch zu offensichtlich gewesen, aber ansonsten hatte er sich den Namen eines noch grimmigeren Partners der ansonsten grimmigsten Gestalt George Bernard Shaws ausgesucht, Mrs. Warren - oder vielleicht war es auch der Name, der sich ihn ausgesucht hatte. Er begann mit einer wunderbaren Mischung aus Sentiment, Geschäftssinn und Wollust von seinen ›Hotels‹ zu erzählen. Und noch ehe wir wußten, wie uns geschah, bot er uns schon an, eines davon aufzusuchen.

›Wir müssen sorgfältig sein bei der Wahl unserer Kundschaft‹, sagte er und schwang dabei bedeutungsvoll seine Zigarre wie ein Buchmacher. ›Persönlicher Service, persönliche Empfehlung; alles überaus geschmackvoll - die Zimmer, die Küche, bis hin zu den Kleidern der Mädchen und ihrer Konversation; vollendete Gentlemen auf der einen Seite, und die andere hält vollendete Damen bereit. Das ist ein großes, aufwendiges Geschäft. Es gibt nichts, was zum Wohlergehen des einen und zum wohlverdienten Profit des anderen Partners beitragen könnte, woran unsere Firma nicht gedacht hätte.‹

Halb waren wir noch begeistert von dem abscheulichen Heuchlertum dieses Mannes mit seinem Unterton von Verschlagenheit und Brutalität, allmählich aber machte sich die Empfindung breit, daß wir genug gehört hatten. Aber natürlich wagte keiner von uns, sein Hasenherz zu entblößen und sich damit dem Spott der anderen auszusetzen.

Schließlich bemerkte er, daß unsere Aufmerksamkeit nachließ und meinte mit einem Scherz, der uns beinahe in die Flanke gefahren wäre: ›Na, vielleicht sind die Herren zu modern, um sich für die gewöhnliche, ehrliche Ware zu interessieren, mit der ich handle. Das hätte ich mir auch denken können - ich selbst bin ja nur einer von den einfachen Menschen, die am glücklichsten mit dem Leben eines englischen Landadligen wären, wenn nur die Steuerbehörden mich ließen -, daß Ihre Vorlieben doch allzu abwegig für meinen Geschmack sein würden‹, und damit nahm er einen großen Schluck puren Whiskys. ›Nun, da Sie Ihren eigenen Geschmack haben, was Süßigkeiten angeht, und dieser mit Sicherheit nicht der meinige ist und ich so etwas auch gewiß nicht zu bieten habe, werden Sie vielleicht eher an Investitionen und Profit interessiert sein. Man könnte eine ganze Menge verdienen, mit einem ziemlich geringen Einsatz.‹

Er blickte in die Runde, um zu sehen, ob Habgier vielleicht Erfolg hatte, wo Lust, wie er befürchtete, versagt hatte. Ich glaube, einer von uns traf eine Verabredung mit ihm. Ich verspürte, dessen bin ich gewiß, nicht das geringste moralische Vorurteil gegen ihn, nur daß dieser Bursche einem ein wenig zu nahe kam und daß man, wenn man ihm jemals in die Finger geriete, wahrscheinlich von einem sehr kompetenten Erpresser ausgenommen würde. Ich bin sicher, das war der einzige Grund, warum ich damals nicht in der Richtung weiterging, in die, wie ich nun sehe, die Ereignisse und meine eigenen Anlagen mich drängten.

Denn wir hörten nicht auf, dem Schockierenden nachzujagen. Aber der nächste Besucher sollte unser letzter sein. Er brachte diesen ganzen albernen Unsinn eines modernen Clubs der Libertins zu Fall. Unser Schriftführer, der mit einem Fleiß zu Werke ging, der ein besseres Ziel verdient hätte, setzte seine Jagd nach kuriosen Gestalten fort. Er zog einige Nieten, zugegeben, doch eines Tages betrat er in bester Stimmung den Raum.

›Schaut euch unsere Liste an‹, prahlte er. ›Bis heute hat unser Ganovenkatalog eine Menge Berufe zu bieten – Limey mit Gin für die Gringos; der Elsässer mit Bomben für die Bengalen; Crofts, der mit Hemmungen der Schuljungen handelt; und unser kleiner Armenier mit Koks für Arabien und am Ende für ganz Europa. Und nun kann ich euch die Krönung dieser Liste bieten.‹

Auf unsere Frage: ›Wer ist es?‹ antwortete er nur: ›Wartet es ab.‹

Nun, keine Frage, er sollte recht behalten. Was er entdeckt hatte, war die Krönung der Liste und zugleich ihr Abschluß.«

Millum machte eine Pause, dann fügte er hinzu: »Und hat unter anderem dazu geführt, daß wir drei nun hier sitzen. Ich habe den Abend damals noch genau vor Augen. Es war ein abscheuliches Loch, in dem wir uns trafen, mit häßlichen Gaslampen, über die Schirme gesteckt waren, die wie Damenhüte aus den Neunzigern aussahen. Die Lampen sorgten dafür, daß es im Zimmer ewig heiß war, und sie gaben ein leises Pfeifen von sich, wie ein asthmatischer Mops. Unser Schriftführer sollte den Gast zu uns führen, und fünf Minuten nachdem wir alle versammelt waren, öffnete sich die Tür.

Er ließ eine turmhohe Gestalt ein, die, in rehbraunes Kammgarn von feinster Qualität mit ein wenig zu elaboriertem Schnitt gekleidet, den Türrahmen ganz ausfüllte. An den Ärmeln mit zu vielen Knöpfen schauten die Manschetten eines elfenbeinfarbenen Seidenhemds hervor, die von Platin-Manschettenknöpfen mit Saphiren gehalten wurden. Die Krawatte war aus gelber Seide, die Schuhe aus Lackleder. Und, Sie werden es vielleicht schon erraten haben, die Hände und der Kopf waren pechschwarz. Es war ein Riese von einem westafrikanischen Neger. Er neigte sich leicht zu uns hinüber und begann, ohne zu warten, daß er uns vorgestellt würde: ›Sehr erfreut, Sie kennenzulernen, Gentlemen. Mein Name ist Johnstone, Odysseus Kaled Johnstone, Zimbawbee-Ranch, Zentralkongo, und Palestrina Apartments, Pall Mall.‹ Dann verbeugte er sich tief und hievte seinen gewaltigen Leib zu uns herüber an den Tisch. Unser Schriftführer, der nun ebenfalls eintreten konnte, stellte uns dem gewaltigen Schwarzen vor.

Ihm brauchte man keine Hemmungen zu nehmen. Er schwang sich mit Leichtigkeit zum König der Gesellschaft auf. Er sprach von Afrika, und er meinte, er sei sicher, wir interessierten uns für afrikanische Kunst.

›Ich selbst bin leider kein Künstler‹, sagte er, ›aber ich darf sagen, daß ich meinen bescheidenen Beitrag als Mäzen leiste; und, soweit ein Mann, der so viel beschäftigt ist wie ich, das sein kann, als Amateur.‹

Als das Essen zu Ende ging, führte er uns, nur mit den Griffen zweier Tafelmesser, vor, was für seine Begriffe Rhythmus bedeutete. Wir waren alle der Ansicht, daß durch die Synkopierung der Musik unserer Zeit, wenn sie nur afrikanisch war, alle klassische Musik überflügelt worden war. Genau genommen schlich sich hier eine unserer Inkonsequenzen ein. Wir mußten sagen, daß eine Jazznummer uns mehr Freude machte als ein Lied von Brahms, doch diese echte Lebendigkeit der Wilden aus dem Kongo fiel, so fanden wir irgendwie, in unsere Kategorie des wunderbar schlechten Geschmacks. Wir saßen wie verzaubert da, während er in raschem und immer rascherem Tempo immer komplexere Rhythmen produzierte. Plötzlich warf er die Messer hin und sagte:

›Das ist nur ein schwacher Abglanz dessen, wie es wirklich klingt. Wir in Afrika wissen noch, was in der übrigen Welt längst in Vergessenheit geraten ist: das Wunderbare an der Musik ist, daß sie die akustische Darstellung, das akustische Ventil, wenn Sie so wollen, für den gesamten Rhythmus des Lebens ist. Das gehört zum Tanz dazu, und Tanz gehört zum Drama. Doch so sehr ich unsere Musik auch schätze, meine Herren, meine künstlerischen Neigungen (und ich hätte sie vielleicht in die Praxis umsetzen können, hätte mir mein Leben als Geschäftsmann nur die Zeit dazu gelassen) gelten eher der Plastik. Wenn Sie mir gestatten, werde ich meinem Chauffeur auftragen, Ihnen einige Masken zu zeigen, die ich einem Freund als Geschenk für eines Ihrer großen Museen zu überreichen gedenke.‹

Unser Schriftführer entschuldigte sich und kehrte nach einigen Minuten mit einem Chauffeur in zitronengelber Uniform mit Silberknöpfen zurück, der einen großen Karton trug. Der Kontrast zwischen Herr und Diener einerseits, und dazu das, was aus der Schachtel hervorkam (einem großen, weißgelackten Pappkarton von der Art, in der man einer Primadonna Blumensträuße schickt), sorgte für die Erregung, die wir uns erhofft hatten. Dieser Abend, das spürten wir nun, war mit Sicherheit unser bester, der Höhepunkt. Die Einführung hätte nicht symbolischer und nicht angemessener sein können. Denn in dem jungfräulich wirkenden Karton zwischen Lagen von Kreppapier befanden sich die beiden angsteinflößendsten Exemplare jener merkwürdigen Kunst – der dramatischen Holzschnitzerei der Schwarzafrikaner –, die ich je gesehen habe. Nichts von der augenfälligen Lebensfreude der Bantu-Körper und ihres Rhythmus fand ein Echo oder Abbild in diesen entsetzlichen Skulpturen. Die Inspiration schien einem Alptraum zu entspringen, einem Traum aus Blut, Angst und Grausamkeit. Gewiß, die Schnitzereien waren von höchster Vollendung –

was sie mitzuteilen hatten, das teilten sie ebenso eindrucksvoll mit, wie Phidias dem Geist olympischer Ruhe in kaltem Marmor Gestalt verliehen hatte. Und die Ausstaffierung mit echtem Haar und echten Bärten, grau und knotig, ließ sie nicht komisch, sondern nur um so furchteinflößender erscheinen. Einer hatte zwischen den Zähnen einen nicht allzu gut präparierten Kinderschädel; das Gebiß des anderen war eingerahmt von den Fingerknochen eines erwachsenen Menschen.

›Das sind echte Stücke. So vieles, was Sie hier in Ihren Museen haben, sind, wie die Amerikaner zu sagen pflegen, Spezialanfertigungen. Sie werden schon bemerkt haben, daß diese hier benutzt worden sind. Es sind wirkliche rituelle Gegenstände. Dies hier‹, und er hielt inne, um durch sein Zögern den Worten, die er wählte, nur um so mehr Nachdruck zu verleihen, ›das, womit die Bärte und das Haar »präpariert« sind – nun, das brauchen wir, damit unser Zauber funktioniert.‹

Er hob die eine Maske, die mit dem Kinderschädel zwischen den Zähnen, empor und hielt sie sich vor das Gesicht. Aus ihrem abscheulichen Mund erklang ein Ton, der ganz zu ihrem Äußeren paßte. Es war ein Ton, der uns alle mit Verachtung zu überschütten schien. Es war die Art von Kunstwerk, die auf sämtliche Sinne einwirkt. Denn die Krönung, *le succès fou,* jener Vorführung war, daß die Masken, nun da sie der Wärme des Raumes ausgesetzt waren, einen Geruch abzugeben begannen, der die Andeutungen und Erzählungen ihres Vorführers beinahe greifbar lebendig werden ließ.

Dann legte er seine entsetzliche Verkleidung ab, sein breites, strahlendes, schwarzes Gesicht kam wieder hervor, wandte sich mir zu und sagte mit vollkommen teilnahmsloser Stimme: ›Natürlich, Sir, gehen sie zu weit. Der Künstler und jeder, der sich mit ihm einläßt, wird stets den Vertreter der praktischen Moral schockieren, und ein solcher, Sir, bin ich, ich kann es nicht ändern. Große Kunst, wie diese hier, hat ihren Platz. Doch sie hat nicht das Recht – wenn ich das Wort des lateinischen Epigrammatikers paraphrasieren und abwandeln darf –, anderer Leben zu verkürzen, um das eigene zu verlängern! Ich stehe voll und ganz hinter unserer wunderbaren Kultur. Doch ich habe als Mann meiner Zeit - und was heißt das anderes als ein Mensch der herrschenden kultivierten Sitten zu sein? - anzuerkennen, daß die Kunst nicht vollkommen frei sein kann, um nur um der Kunst willen zu existieren; ebensowenig können wir - so interessant sie vom anthropologischen Standpunkt auch sein mag - die Tradition um jeden Preis bewahren.‹

Wir waren vollkommen ratlos, wie wir diesen Wandel in seinem Tonfall deuten sollten. Aber jeder von uns hatte viel zuviel Angst vor den anderen, als daß er zu erkennen gegeben hätte, daß die wohlgesetzten Worte unseres schwarzen Mannes uns allmählich in Verwirrung brachten. Worauf in Teufels Namen mochte er hinauswollen?

Seine nächste Bemerkung erstaunte uns nur um so mehr: ›Also nahm ich den Glauben an. Man muß mit der Zeit gehen.‹

Der Gedanke durchzuckte mich, daß es selbst für unsere Mägen zu viel wäre, ein zu gewaltiger und turbulenter Strudel, wenn dieser ungeheure schwarze Stutzer sich am Ende als Baptistenprediger erweisen würde und in der Verkleidung extravaganter Kultiviertheit gekommen wäre, um uns fundamentalistische Traktate zu verkaufen! Das wäre ein Witz auf unsere Kosten gewesen, und ich bezweifle, daß auch nur einer von uns die Größe besessen hätte, darüber zu lachen. Einen Augenblick lang spürte ich unser Entsetzen bei dem Gedanken, daß in dieser so merkwürdigen Verkleidung ein trojanisches Pferd gekommen sein könnte, um in unser Troja einzudringen, und daß ein Meistertaktiker hier den Gegenangriff des ›erretteten‹ Schwarzen gegen den ›dekadenten‹ Weißen führen könnte - eine derart exquisite Rache, die uns so teuer zu stehen gekommen wäre, daß wir die Rechnung kaum hätten zahlen können: jeder von uns hätte vor dem anderen für alle Zeiten das Gesicht verloren.

Doch seine nächsten Worte ließen diese entsetzliche Ahnung wieder verfliegen, obwohl uns noch immer unwohl zumute war.

›Ich wurde also, meine Herren, ein Gläubiger, ein Anhänger des einzigen wahren Glaubens - ich spreche vom Islam - Allah Akbar, Bismillah. Jawohl, ganz Afrika beugt sich, wie reifes Korn, wenn der Wind darüberstreicht, es beugt sich dem Worte, das da spricht von der Kaaba, dem Wind, der aus dem gesegneten Arabien herüberweht. Ganz Afrika, Pan-Afrika, wird sich unter der grünen Flagge und dem Halbmond erheben.‹

Ein Pan-Islam-Vortrag würde langweilig werden. Doch vermerkten wir mit Erleichterung, daß uns ein schlimmeres Schicksal erspart geblieben war, die Frage, ob wir selbst errettet seien. Das wäre - altmodisch gesagt - nun doch zu peinlich gewesen. So fügten wir uns also in unser Schicksal, während unser Gast dahinsprudelte, als sei er der Kongo höchstpersönlich:

›Ich bin, so darf ich wohl hoffen, ein loyaler Diener. Bei meiner Initiation, der Beschneidung (keine lasche Taufe mit Wasser, das kann ich Ihnen versichern, meine Herren, wenn sie, wie das Ritual es vorschreibt, mit echtem Feuerstein vollzogen wird statt mit unorthodoxem Stahl - oh ja, wir Konvertiten zahlen einen hohen Preis dafür, daß wir zum wahren Glauben finden), nahm ich, wie Sie schon bei meiner Vorstellung bemerkt haben werden, als mittleren Namen den Namen dessen an, der, weil er mit dem Glauben nach Norden fegte und das erste Land der Ungläubigen niedermähte (ich spreche von der glorreichen Eroberung des Iran), vom Propheten selbst »Kaled, das Schwert Allahs« genannt wurde. Und da ich also dem Glauben diene, darf ich mir Hoffnungen auf Houris und das Paradies machen. Lassen Sie es sich gesagt sein: Ich bin kein halbherziger Konvertit, der sich damit zufrieden gibt, selbst errettet zu sein. Ich verbreite das Wort.‹

Dann blickte er zum ersten Mal in die Runde, mit einer plötzlichen, listigen Bewegung jener großen Elfenbeinaugen in ihrer Maske aus Ebenholz.

›Der Islam wendet sich Afrika zu, weil Afrika ihn versteht. So wie er sich meiner eigenen Seele zuwandte. Unablässig bedrängt uns der weiße Mann, wie man ihn nennt, unter dem Deckmantel der Humanität versucht er, die afrikanische Einheit aufzubrechen, und deshalb müssen wir in aller Stille vorgehen. Wir haben das, was man wohl eine Front nennen könnte. Mit anderen Worten, mein eigenes Geschäft hat zwei Seiten, eine ökonomische und eine religiöse. Um den Steuerbehörden die Belege zu liefern, die sie brauchen und die ich als Rechtfertigung für meinen Lebensstandard vorlegen muß‹, wobei er selbstgefällig seine Kleider betrachtete, ›habe ich mein Geschäft – gewaltige Kakaoplantagen. Aus unerfindlichen Gründen übt dieses reichlich stopfende Getränk, das aus der Sklavenarbeit der Schwarzen gewonnen wird, einen besonderen Reiz auf das Gewissen von Quäkern und Nonkonformisten aus. Und die wehenden Palmwedel bieten mir Deckung für jene anderen Bestrebungen, bei denen der Glauben eine so große Rolle spielt.‹

Dann plötzlich, als ob er nun genug geplaudert hätte – ich glaube, das war der Augenblick, in dem er beschloß, daß er mit uns ins Geschäft kommen wollte –, veränderte sich sein Ton, und er sprach schnell, sachlich und mit entwaffnender Offenheit. Er lächelte sein gewaltiges Lächeln, wie ein menschenfressender Riese, und summte dazu: ›Will denn so ein Mohrenkindlein wirklich in die Schule?‹

›Das, meine Herren, bringt es auf den Begriff. Wir schicken sie in die Schule. Es heißt, die Weißen hätten etwas übrig für Erziehung, aber nur, wenn sie dafür sorgt, daß die Schwarzen ihnen untertan sind. Nun, das ist eine Lektion, die wir beherzigt haben. Bedenken Sie, Afrika ist eine Einheit. Bei uns gibt es keine Rassenschranken. Arabien gab uns unsere Religion, und nun müssen wir zum Dank dafür Arabien etwas geben.‹

Einen Augenblick lang dachten wir, wir seien schon wieder in die Irre gegangen, doch er brachte uns mit einem Schubser auf den rechten Weg zurück, indem er sagte: ›Mein kleines Unternehmen das erste dieser Art, das ordentlich als Aktiengesellschaft aufgezogen ist, ausgerüstet mit allen modernen Errungenschaften der Bürotechnik – könnte man einen Lerne-deinen-Glaubensgenossen-kennen-Club nennen, oder auch eine Vermittlungsagentur für Hausdiener. Die Araber im Norden sind gute, gottesfürchtige Menschen, und wie ich schon sagte, ist die Zeit für mein eigenes Volk gekommen, aus seinem Glauben eine Kunst zu machen. Und so‹, fuhr er fort, ohne daß sein Ton sich spürbar verändert hätte, ›organisiere ich für eine vergleichsweise bescheidene Gebühr den Transfer und liefere den arabischen Häusern des Nordens die Haushaltshilfen, die dort benötigt werden, während die Domestiken dabei den unschätzbaren Gewinn davontragen, daß sie in gottesfürchtigen Häusern aufwachsen. So mache ich denn‹, und er sagte es mit einer Selbstgefälligkeit, die unsere schon nachlassende Begeisterung wieder anspornte, ›aus beiden das Beste: ich verschaffe den Glaubensbrüdern im Norden die Dienerschaft, an der es ihnen mangelt, und eröffne meinen Landsleuten aus Zentralafrika den Zugang zu jenen Tröstungen der Religion, die sie bitter nötig haben werden, wenn die wenigen kurzen Jahre ihres irdischen Lebens verstrichen sind.

Ich erzähle Ihnen das alles nicht nur, weil ich weiß, daß die anthropologische und missionarische Seite Sie interessieren wird, sondern auch aus durchaus praktischen Gründen. Der Enthusiasmus, mit dem ich mich für das spirituelle Wohl meines Volkes einsetze und darüberhinaus etwas Handfestes für diejenigen tue, denen ich meinen Glauben verdanke, hat himmlischen Segen erfahren, großen Segen. Doch wie Sie selbst wissen, wenn ein Geschäft mit bis dahin ungeahnten Standards an Effizienz eingerichtet wird, wenn man ein altes Gewerbe nach modernen Maßgaben vollkommen neu organisiert, dann besteht die Hauptschwierigkeit im Mangel an Kapital. Sie werden verstehen, daß der Eigennutz anderer, der sich heuchlerisch als Moral hinstellt, es mir unmöglich gemacht hat, das Kapital offen auf den großen Geldmärkten Europas und Amerikas zu beschaffen. Deshalb überlege ich, ob Sie‹, und er machte eine Handbewegung in Richtung der Decke, ›die Sie so entgegenkommend waren, dies bezaubernde Motto schon in pseudoarabischer Schrift anzubringen, nun, wo die Vorsehung Allahs Ihnen Sein Werk und einen stattlichen Profit nahegebracht hat, ob Sie, die Sie Geld haben, nicht geneigt wären, diese wohltätige Missionsarbeit zu unterstützen. Ich bin bereit, Ihnen Zahlen zu nennen. Doch um es Ihnen schmackhaft zu machen, lassen Sie mich aus dem Gedächtnis sagen, daß unsere Dividenden zwischen 120 und 150 Prozent liegen.‹

Auch wenn unsere Weltgewandtheit zum großen Teil nichts als eitler Schaum war, waren wir doch nicht so beschränkt, daß wir nicht begriffen hätten, was er uns da erzählt hatte. Mit der unübertrefflichen Dreistigkeit einer Verbindung aus religiösem Fanatismus und afrikanischem Nationalismus schlug er vor, uns zu Geschäftspartnern im Sklavenhandel zu machen. Da man uns oft fälschlicherweise für Linke hielt, weil wir uns immer über die Rechten lustig machten, schickte man uns häufig Schriften der Linken, in denen die Bigotterie der Rechten entlarvt wurde. Ich erinnere mich, daß ich einmal, als ich nichts anderes zu lesen hatte - und da ich geradezu süchtig nach Lektüre bin, muß ich immer etwas lesen -« (Mr. Mycroft lächelte) »einem dieser Pamphlete Zerstreuung abgewann, das eine Attacke gegen den britischen Kakaohandel führte, wobei die Vehemenz der Empörung den Mangel an Beweisen wettmachte - und darin hieß es, daß dieser Handel in irgend eine Art von Sklavenhandel verstrickt sei, der sich in den verborgenen Winkeln seiner Plantagen abspiele, oder daß er zumindest zulasse, daß jemand ihn als Fassade benutze. Und wieder wagte keiner von uns, sich anmerken zu lassen, wie schockiert wir waren, ja vielleicht waren einige von uns nicht einmal schockiert. Ich weiß noch, daß Sankey mit bemerkenswerter Kaltblütigkeit sagte - obwohl er wohl nicht damit rechnete, beim Wort genommen zu werden -: ›Natürlich müßten wir erst einmal die tatsächlichen Zahlen sehen, aber dann sind wir, wie es an unserer Decke geschrieben steht, offen für alle Angebote. Jeder Kapitalhandel ist Ausbeutung, und ich ziehe es vor, meine Gaunereien ohne den Segen der Bischöfe zu vollziehen.‹

›Sehr richtig, Sir‹, entgegnete unser schwarzer Versucher und erhob sich. ›Ich werde Ihnen die Zahlen der Zentralkongo-Arbeitsvermittlungs-AG zukommen lassen.‹ Er verbeugte sich.

Doch als er fort war, wagte keiner von uns, sich vor den Augen der anderen zu distanzieren. Sankey sagte sogar: ›Wahrscheinlich ist er nur ein prahlerisches schwarzes Großmaul, aber wenn er hält, was er verspricht, dann ist das das einträglichste Abendessen, das wir jemals gegeben haben.‹

Jedenfalls war es das mysteriöseste. Denn alles ging dermaßen schnell und reibungslos vonstatten, daß es uns wie eine moderne Fassung des Märchens von den drei Wünschen vorkam. Die hübsche kleine Broschüre traf ein und nannte Kapital und Umsatz der Gesellschaft. Keine Frage, Mr. Odysseus Kaled Johnstone, Palestrina Apartments, Pall Mall und Zimbawbee-Ranch, Zentralkongo, war ein echter Geschäftsmann. Unaufdringlich und effizient wurden die Einzelheiten ausgehandelt. Und er hielt noch mehr, als seine beinahe unglaublichen Worte versprachen. Pünktlich nach einem halben Jahr erhielten wir unsere Dividende für die ersten sechs Monate. Es waren fünfundachtzig Prozent.

Ich habe nie feststellen können, daß Intellektuelle weniger geldgierig sind als gewöhnliche Menschen. Anfangs hatten wir nur vorsichtig kleine Summen investiert; Sankeys und mein Einsatz war, das weiß ich noch, zweitausend pro Kopf. Doch als die Halbjahresdividende ausgezahlt wurde, sah ich, daß Sankey angebissen hatte. Die übrigen Clubmitglieder - ich selbst ausgenommen - hatten übrigens nicht allzuviel freies Kapital. Beträchtliche Einkommen, doch die Sicherheiten waren in Treuhandfonds und Landbesitz festgelegt. Und ich kann Ihnen versichern, daß sie mit ihrem Einkommen nicht knauserten. Nur uns beiden stand es frei, unser Kapital - oder doch das meiste davon - zu liquidieren, und es vergingen nicht einmal anderthalb Jahre, bis wir das getan hatten. Denn die Ausschüttungen waren inzwischen auf zweihundert Prozent gestiegen.

›Mr. O. K.‹, meinte Sankey und ließ sich von seiner Habgier zu einem erbärmlichen Scherz verleiten, ›trägt seinen Namen zu Recht!‹

Das stimmte schon - wenn man das ›O. K.‹ mit finanziellem Erfolg gleichsetzte. Es war offensichtlich, daß nur Kapitalmangel der Ausbreitung des Unternehmens über den ganzen Kontinent im Wege stand, eines Unternehmens, dessen Einträglichkeit nur von seiner Grausamkeit übertroffen wurde. Doch Sankey sah nur den Profit.

›Wir sind in der untersten Etage eingestiegen!‹ sagte er mit einem Glucksen. ›Wenn es in dem alten Kirchenlied hieß: »Afrikas sonnige Quellen erströmen im goldenen Sand«, dann erschien mir das immer als reine, wenn auch nicht gerade hohe Poesie. Doch wie sich nun herausstellt, waren die Prophezeiungen des Bischofs Heber verläßlicher, als er sich je hätte träumen lassen.‹

Ich glaube, wir brauchten die faulen Witze, um zu verhindern, daß der weitaus üblere Geschmack dessen, was wir getan hatten, in unseren Kehlen aufstieg. Ich weiß, daß mir unwohl dabei war, sehr unwohl. Aber es war unglaublich leicht verdientes Geld. Hätten wir auch nur die Frage gestellt, ob das, was wir taten, falsch war, so hätten wir uns selbst aus unserem kleinen Zirkel verstoßen. Und das wäre sehr unangenehm gewesen – eine Art moralischer Verbannung. Denn wir hatten dafür gesorgt, daß alle, die uns kannten, uns so verachteten, daß wir ohne diesen speziellen Freundeskreis von aller menschlichen Gesellschaft ausgeschlossen gewesen wären. Der sogenannte Homo sapiens bringt doch nie den Mut auf, bedingungslos eigenständig zu denken, nicht wahr?«

»Ja, Homo congruens wäre eine passendere Bezeichnung«, stimmte Mr. M. ihm zu. »Kein Zweifel, viele Menschen versuchen eigenständig zu denken – das heißt, ihre eigenen Interessen zum Maßstab zu nehmen, oder das, was sie dafür halten. Aber ich habe nicht den Eindruck, daß die Resultate befriedigend sind. Vielleicht ist es ja besser so. Doch erzählen Sie weiter, erzählen Sie weiter.«

»Jedenfalls«, fuhr Mr. Millum fort, »ließ mir die Sache keine Ruhe. Ich weiß nicht, wie es kam, doch ich stieß immer wieder auf Hinweise – in Flugschriften der Linken, in Zeitungsartikeln, die mir persönlich auffielen, oder in den raffinierten, schockierenden Fotografien der Illustrierten, wo stets das abscheulichste Bild so groß gedruckt wird, daß nicht einmal ein Rand freibleibt – Hinweise auf die häßlichste Seite des Sklavenhandels, wenn denn diese abscheuliche Sache überhaupt irgendwo eine präsentable Seite hat. Ich hielt all diese merkwürdigen Mahnungen – wessen sie mich ermahnten, daran mochte ich nicht denken – für nichts als einen kuriosen Zufall. Heute bin ich mir da nicht mehr so sicher.«

Mr. M. nickte nachdenklich. Mr. Millum holte seine Zigaretten hervor, früher nannten wir sie – und das nicht zu Unrecht – ›Lungentorpedos‹, und steckte sich bedächtig eine davon an, nachdem er uns angeboten hatte. Ich lehnte ab. Mr. M. nahm wieder eine und legte sie auf dem steinernen Tisch ab, neben derjenigen, die dort bereits zur Schau gestellt war.

»Und dann«, nahm Mr. Millum den Faden wieder auf, »wies mir das - was immer es war -, was mir unermüdlich diese Bilder gezeigt und diese Zeitungsartikel unter die Nase gehalten hatte, einen Ausweg.

Ich hatte einen Onkel, und er war stets ein hart arbeitender Geschäftsmann gewesen. Ich wußte, daß er mich verachtete - er hatte meinen Vater nicht ausstehen können - und daß er niemals einem solchen Neffen sein Vermögen vermachen würde, keinen Penny davon. Doch er starb unerwartet an einem Herzanfall, und, was soll ich Ihnen sagen, er hatte kein Testament gemacht. Seine Frau war tot; sie hatten keine Kinder. Und so ging der gesamte Besitz, mehr als ich je gedacht hatte - so viel, daß es in den Zeitungen erwähnt wurde -, an mich, als den nächsten Verwandten. Sankey beglückwünschte mich und meinte dann, daß ich nun, wenn ich die ganze Summe in den Kongo investierte, tatsächlich in drei oder vier Jahren Millionär sein würde. Das führte zu unserem ersten Streit. Ich erklärte ihm, daß ich nicht vorhätte, das Vermögen dort, wo es derzeit angelegt sei, abzuziehen.

›Das Gewissen macht Feiglinge aus uns allen!‹ höhnte er. Vielleicht, fügte er dann mit plötzlich verändertem Tonfall hinzu, sei es auch ein zu gefährliches Spiel für jemanden, der auf ›salonfähigere‹ Sicherheiten zählen könne - und da fünf Gran Arsen von genauso tödlicher Wirkung seien wie fünfhundert, verstehe er meine Einstellung. Besser ganz davon loskommen, wenn man könne. Doch er könne es nicht, und so wolle er lieber für einen Mann hängen, wenn auch nur für einen schwarzen Mann, als für ein Schaf, wenn auch nur ein schwarzes Schaf. Seine Scherze waren wirr, doch die Geldgier unmißverständlich. Doch ich verstand nicht, worauf er hinaus wollte, und so mußte er seinen Vorschlag denn an das Licht klarer Worte bringen. Er fügte noch hinzu, und das war nur zu wahr, daß man sich schwerlich eine Geldanlage denken könne, die schwieriger zu handeln wäre. Ich sagte ihm klar, daß ich nicht an ihn verkaufen könne.

›Gibt es jemand, der mehr bietet?‹ Seine Stimme war schrill vor Erregung.

›Ich verkaufe an niemanden‹, war meine einzige Antwort.

›Ich hoffe nur‹, sagte er, ›daß einer deiner selbstgefälligen Aufsichtsratsmitglieder (die von den weißen Lohnsklaven fett werden) deiner schwarzen Konterbande auf die Spur kommt und dich eines Besseren belehrt. Ich hätte mir denken können, daß du nun in die Hände ehrenhafter Aufseher gelangst, ein Müßiggänger, ein auf Bewährung entlassener Sträfling. Am Montag darfst du dir deine Lohntüte abholen, aber nur, wenn du am Sonntag brav zur Kirche gegangen bist!‹

Als ich ihn so da stehen sah, sein selbst in ausgeglichenem Zustand nicht gerade freundliches Gesicht verzerrt von Verachtung und enttäuschter Geldgier, erkannte ich mit einem Male, daß er eine Art Spiegelbild war; daß es das war, was aus uns werden würde, aus all unserem weltverachtenden Snobismus. Im selben Augenblick begriff ich, daß ich mit all dem fertig war - zumindest mit dem schmutzigen Sklavenhandel, meine ich. Mir wurde beinahe körperlich übel, wenn ich an das ganze abscheuliche Geschäft auch nur dachte. Ich schüttelte ihn ab - wir würden uns ohnehin ein paar Tage später bei der nächsten Clubsitzung wiedersehen. Ich war nun fest entschlossen, allem ein Ende zu machen. Letzten Endes waren wir ja nichts als ein vulgärer kleiner Haufen. Das erklärt vielleicht meine melodramatische Art, wenn es sie auch nicht entschuldigt.

Am Abend unseres Treffens brachte ich all meine Aktien mit - kleine, hübsche Dokumente. Für diesen Abend hatten wir keine Gäste auftreiben können. Doch wir waren alle da, das weiß ich noch genau. Ich begann damit, daß ich stichelte, wir prahlten doch immer, daß uns nichts schockieren könne. Das läge einfach nur daran, daß uns alles, was der Anteilnahme wert wäre, gleichgültig sei, und wir uns in dem, was uns wirklich etwas bedeute, sicher fühlten - unserem Wohlleben und unserem Geld. Man bräuchte nur daran rühren, und wir wären sehr wohl schockiert! Und mit diesen Worten, wobei ich, wie ich glaube, Cleopatra nachahmte, zog ich meine sämtlichen Aktien aus der Brusttasche und warf sie ins Feuer, denn wir hatten einen von diesen altmodischen offenen Kaminen in unserem Versammlungsraum. Das feine, handgeschöpfte Leinenpapier verbrannte binnen Sekunden. Sankey war rasend vor Wut auf mich, und die anderen schlugen sich auf seine Seite. Oh ja, es war mir gelungen, sie zu schockieren, und da ich sie zudem noch an ihrem Nerv getroffen und entlarvt hatte, waren sie ebenso wütend wie er. Ich erhob mich und verließ den Raum. Ich bin niemals zurückgekehrt. Denn, sehen Sie, in gewisser Weise interessierte ich mich ja tatsächlich für Kunst, und ich war es von Herzen überdrüssig, den guten Geschmack zu nichts anderem zu benutzen als dazu, einen Stil für veraltet zu erklären, der allmählich zu vielen Menschen Vergnügen bereitete. Ich war es leid, immer wieder beweisen zu wollen, daß irgendein armer Dummkopf, der Schönheit in einer Form genoß, in der sie schon früher bewundert worden war, einfach hoffnungslos zurückgeblieben sei.

Doch auch wenn ich keinen von den anderen jemals wiedersah, ließ ich Sankey am Ende doch nicht fallen – zumindest tauchte er immer wieder auf. Wie das kam? Nun, wir waren zusammen großgeworden. Wir hatten, wie gesagt, keine anderen Freunde. Wir hatten nicht die gleichen Schulen besucht wie die anderen Kinder der Wohlhabenden, und das macht viel aus. Wenn man erst einmal über dreißig ist, findet man schwer Freunde, und vielleicht ist es ebenso schwer, welche loszuwerden. Außerdem hatte Sankey etwas. Wie soll ich es formulieren? Er war wie ein schwer beschädigtes und grob mißhandeltes Kunstwerk, sagen wir eine Statuette von Cellini, die einer Horde von Gassenkindern in die Hände gefallen war und als Guy-Fawkes-Puppe gedient hatte. Sie wäre zerbrochen, verschmiert, grotesk, und auf einen oberflächlichen Blick hin würde sie ohne Zweifel auf den Müllhaufen wandern. Doch wer Sinn für Kunst hätte, müßte einfach erkennen, daß sie im Inneren, auch wenn sie niemals wieder heil sein würde, von wirklichem Wert ist. Vielleicht drücke ich mich nicht klar genug aus. Aber ich kann mir nicht vorstellen, daß ich mich damals irrte.«

»Und ich ebensowenig«, fügte Mr. M. leise hinzu.

Das schien Millum Mut zu machen, und er fuhr fort.

»Bald darauf verließ ich London ganz und zog aufs Land - genauer gesagt, in das Haus gegenüber. Dieses hier hatte damals noch einen anderen Mieter. Doch nach einigen Jahren wurde es frei. Ich unternahm nichts deswegen. Sankey selbst war es, der die Anzeige in den Zeitungen sah. Er kam her, um es zu besichtigen, und nahm es sofort. Ich habe ihn nicht darum gebeten, darauf können Sie sich verlassen. Doch auch er schien zu spüren, daß wir irgendwie aneinander gefesselt waren. Er hatte nicht die geringste Absicht, seinen Lebenswandel zu ändern, doch gleichzeitig war auch offensichtlich, daß er nicht ganz den Kontakt zu mir verlieren wollte. Vielleicht empfand er mich als eine Art Versicherung gegen eine tiefe, unbewußte Angst - eine armseligere hätte ich mir nicht vorstellen können, aber wo sonst hätte er überhaupt eine finden sollen?

Er ließ sich hier nieder. Ich konnte es nicht verhindern und protestierte auch nicht. Ja, ich habe sogar Jane für ihn gefunden. Wenn er nach mir schickte, kam ich herüber, und auch wenn er mein Haus nicht betreten wollte und mich gar nicht beachtete, wenn ich hier war, sprang doch etwas über. Es war eine seltsame, unheimliche Freundschaft - sinister, würden die meisten wahrscheinlich sagen. Ich weiß noch, daß ich oft das Gefühl hatte, daß wir beide auf etwas warteten.

Ich dachte, der Augenblick sei gekommen, als er mich eines Tages um ein Darlehen bat. ›Laufen die Geschäfte nicht mehr so gut wie früher?‹ fragte ich.

Ein Wutausbruch war die Folge, in dem er ›die verfluchten Heuchler, diese Liberalen‹ beschimpfte. Da konnte ich zwei und zwei zusammenzählen, und die Summe war korrekt. Ich hatte in der Zeitung gelesen, daß es Anfragen im Parlament und Aufruhr bei einigen Missionsversammlungen gegeben hatte. Solche Einzelheiten erregten meine Aufmerksamkeit nun längst nicht mehr so sehr wie früher, als ich selbst noch in dem Geschäft engagiert war, doch die Meldungen kamen mit einer Regelmäßigkeit, die ich nicht übersehen konnte. Wie gesagt, Sankey und ich hatten nie über Geld gesprochen - das war der eine Punkt, in dem wir uns zurückhielten, denn dieser Punkt war unserem Grüppchen heilig gewesen.

Und nachdem es über geschäftliche Dinge zum Bruch zwischen uns gekommen war, wäre es nur um so schwieriger gewesen.

Dann sah ich einen Artikel über eine Strafexpedition, die Menschenhandel im großen Stil, betrieben mit ausländischem Kapital, aufgedeckt hatte. Ich muß zugeben, daß ich erleichtert war, als ich las, daß die Razzia im Londoner Büro zu spät gekommen sei und daß es einem Neger, der unter dem Namen Johnstone aufgetreten sei, gelungen sei zu entkommen und zuvor sämtliche Papiere der Firma zu verbrennen.

Doch Sankey vermochte meine Erleichterung nicht zu teilen. Er war zweifelsohne ruiniert. Ich hätte ihn nicht untergehen lassen, nicht einmal, wenn ich nicht, wie es ja der Fall war, in mehr als wohlhabenden Verhältnissen gelebt hätte. Und so zahlte ich, praktisch ohne ein Wort, regelmäßig hohe Summen auf sein Bankkonto ein.

Natürlich behandelte er mich deswegen keineswegs freundlicher, doch verschaffte es meinem pechschwarzen Gewissen ein kleinwenig Erleichterung. Aber mir war klar, daß ich irgendwie noch mehr für ihn tun mußte. Daß ich aus diesem Morast herausgekommen war und wußte, daß es Sankey - wenn auch unfreiwillig - nun ebenfalls gelungen war, wischte noch nicht den Schmutz ab, mit dem ich mich besudelt hatte.

So ging es einige Jahre, und, um ehrlich zu sein, Sankey besserte sich nicht im geringsten. Im Gegenteil, seine Abneigung nahm geradezu pathologische Ausmaße an. Doch ich ließ nicht locker, ich war entschlossen, meine Schuld auf die einzige Weise wiedergutzumachen, die mir offenstand - wenn man einmal vom Gefängnis absieht, dessen Tore sich, bei meinem Alter, beinahe für den Rest meines Lebens hinter mir geschlossen hätten.

Vielleicht bekam es gerade einem Menschen wie ihm nicht gut, wenn man sich ihm gegenüber so verhielt. Und ich konnte sicher sein, daß er in seinem Wahn alles, was ich tat, auf seine eigene, finstere Weise deuten würde. Natürlich konnte er es sich nicht anders vorstellen, als daß ich für ihn aufkommen müsse, weil ich mich vor seiner Macht, mich zu erpressen, fürchtete.

Ein- oder zweimal deutete er das fast unverhohlen an. Ich versuchte einen Scherz zu machen und meinte, daß ich ja genausoviel über ihn wisse wie er über mich, und als er lachte, versuchte ich ihm begreiflich zu machen, daß das, was ich für ihn tat, eine Art Wiedergutmachung sei und durchaus mit einer gewissen Sympathie geschehe, doch seine Antwort, meine Heuchelei drehe ihm den Magen um, zeigte mir, wie krank er in seinem Innersten in Wirklichkeit war. Ich kam zu dem Entschluß, daß er allen Ernstes glaubte, ich sei gezwungen, ihn zu unterstützen, weil ich ihn fürchtete. Er schien völlig außerstande, es anders zu deuten. Ich nahm an, daß dies von seiner Warte aus die einzige Möglichkeit war, den Dingen eine Deutung zu geben, mit der er sich selbst als einigermaßen intakten Menschen begreifen konnte und die ihm die Möglichkeit ließ, sich - und darauf war er angewiesen - mir überlegen zu fühlen.«

Mr. M. bestätigte mit einem Nicken. »Spinoza hat es auf die klassische Formel gebracht: ›Der Mensch richtet sich selbst.‹«

»Nun, in meinem eigenen Falle habe ich die Wahrheit dieses Satzes bewiesen«, fuhr Millum fort. »Zwei Jahre lang verharrten wir an diesem toten Punkt - zwei Jahre, in denen er in immer tiefere Düsternis versank und ich einsehen mußte, daß alles zu nichts führte und daß es doch keinen Ausweg gab. Denn ich war nicht bereit, seiner wahnwitzigen Sicht der Dinge nachzugehen. Ich hätte ins Ausland reisen können, ohne eine Adresse zu hinterlassen. Doch ich wollte, um meine eigene Integrität wiederzuerlangen, diese Chance, ihm zu helfen, nicht ungenutzt lassen, nur weil er mich haßte. In gewisser Weise ließ das meinen Versuch einer Wiedergutmachung nur um so vernünftiger, wertvoller werden.«

Wiederum nickte Mr. M.

»Und dann, ob Sie es glauben oder nicht, begann seine Stimmung sich zu bessern. Er behandelte mich tatsächlich beinahe höflich, wenn auch nicht freundlich. Jane bemerkte es. Wir waren beide erleichtert, denn sein Haus war ein düsterer Ort geworden, und es hätte so heiter und klar sein sollen. Ich glaubte, es sei das Gute, das schließlich doch noch die Oberhand gewann. Wie unser alter Club, und ich selbst vor einigen Jahren, über soviel Naivität gelacht hätten!«

Und in finstererem Ton fuhr er fort: »Nun, ich mußte erfahren, daß es nicht so leicht ist, eine Sache wiedergutzumachen, und ebensowenig findet sich so schnell ein Ausweg. Seine Laune wurde immer besser, und ich glaubte schon, daß wir bald freundschaftlich, wenn auch nicht vertraut, miteinander umgehen würden, da fiel das ganze Kartenhaus in sich zusammen.

Eines Tages forderte er mich auf herüberzukommen, um zwei junge Freunde kennenzulernen. Wie er diese Freundschaft geschlossen hatte, weiß ich nicht, oder vielleicht sollte ich sagen, der erste Blick verriet mir, daß es keine Freundschaft war - es waren Fremde, die ein mir Unbekannter vorbeigeschickt hatte. Sie waren genau so, wie wir fünfzehn oder zwanzig Jahre zuvor gewesen waren. Reich, gut gekleidet, intelligent, weitgereist. Doch all das hatte ihnen nicht mehr eingebracht als den Verlust ihrer eigenen Tradition und die Fähigkeit, Macht und Stärke jedes anderen neutralisieren zu können. Sie besaßen einen scharfen Verstand, doch keine Wurzeln und keine Haltung. Und bald bewegte sich das Gespräch in den alten Bahnen. Und schlimmer noch, nach einer Weile paßte es sich auch im Tonfall immer weiter an. Vielleicht ließ ich mich zu schnell verschrecken. Bis heute bin ich mir nicht sicher, ob ich zu jener Zeit tatsächlich Anhaltspunkte hatte. Doch ich gewann den Eindruck, daß Anspielungen fielen, die nur eines bedeuten konnten, und mir war, als ob alle drei versuchten, mir irgendwie auf den Zahn zu fühlen. Was ich dann tat, war zweifellos ein Fehler. Ich erhob mich und ging. Ich war wirklich sehr verstimmt, und wenn Sankey ein so krimineller Dummkopf sein wollte, vor diesen beiden blasierten jungen Windhunden mit seiner Vergangenheit zu prahlen, um zu sehen, ob er sie schockieren konnte, dann wollte ich bei diesem Schauspiel mit Sicherheit nicht dabei sein. Nicht nur, weil er mich wahrscheinlich mit hineingezogen hätte, sondern auch - ich muß es noch einmal sagen - der merkwürdig tiefen, wenn auch unerwiderten Zuneigung wegen, die ich für ihn empfand; denn je mehr man für einen Menschen tut, desto weniger hat er für einen übrig und desto mehr mag man ihn selbst - eine seltsame Regel, die jedoch fast immer zutrifft. Ich stand also auf und ging. Doch als ich draußen war, spürte ich, daß meine Erregung weiter zu- statt abnahm. Ein unerklärliches Gefühl sagte mir, daß hinter dieser Angelegenheit etwas Schlimmeres steckte als der ohnehin nicht allzu angenehme Grund, den ich selbst dafür angenommen hatte.

Am nächsten Abend schickte er mir eine Nachricht, daß er mich nach dem Essen zu sehen wünsche. Ich ging hinüber und fand ihn mit seinen Nerven am Ende, so sehr, daß er nach einigen Andeutungen und ein paar nicht allzu gutmütigen Scherzen beinahe einen Punkt erreicht hatte, an dem er mich ins Vertrauen gezogen hätte; dann übermannte ihn erneut sein Mißtrauen, und er wurde nur immer mürrischer und verschlossener. Er rauchte ununterbrochen.«

»Und Latakia ist ja nicht der Tabak, der für eine solche Stimmung - um den medizinischen Ausdruck zu benutzen - indiziert ist.«

»Woher wissen Sie, daß er Latakia rauchte?« fragte Millum und wandte sich Mr. Mycroft zu.

Bevor er antworten konnte, schaltete ich mich ein. »Mr. Millum, wenn Sie Mr. Mycroft gut genug kennen würden, würden Sie niemals eine solche Frage stellen. Er wird Ihnen antworten: ›Indem ich von meinen Augen Gebrauch mache‹, und dann sind Sie genauso schlau wie zuvor, und das sollen Sie auch sein.«

»So schlimm ist es nicht, und auch nicht so einfach«, meinte Mr. M. gutgelaunt. Aus irgend einem Grunde schien sich, obwohl die Geschichte so deprimierend war, seine Laune immer weiter zu bessern. »Ich hätte vielleicht gesagt: ›Durch ein Kreuzverhör sämtlicher Sinne und, wie ein guter Staatsanwalt es tun sollte, eines jeden Sinnes für sich.‹ Doch mehr davon später. Zunächst müssen wir mit Ihrer Geschichte weiterkommen.«

»Schließlich«, fuhr Millum fort, »erhob sich Sankey ohne ein Wort und verließ das Zimmer. Er wollte die Tür hinter sich zuschlagen, doch sie federte zurück und stand nur angelehnt. Deshalb konnte ich mit anhören, wie er nach Jane rief, und als sie kam, mußte ich hören, wie er ihr auftrug, Hut und Mantel zu nehmen und einige Briefe einzuwerfen – Briefe, die er in der Tasche gehabt haben mußte, als er aus dem Zimmer ging.

Es war eine ungemütliche Nacht – eine von den Nächten, wo die westlichen Stürme vom Atlantik her auf den Ostwind aus den Steppen treffen, und hier in unserem Grenzland gibt es dann Hagel und Schneeregen, einen Wind, der ebenso unstet wie schneidend ist, Regen, der einen bis auf die Haut durchnäßt und bis auf die Knochen gefrieren läßt. An so einem Abend schickt man niemanden nach draußen, aber es gab einen kleinen Briefkasten an der Hauptstraße eine halbe Meile von hier, der schon am frühen Morgen geleert wurde, und offenbar hatte Sankey beschlossen, daß seine Briefe mit dieser Post abgehen mußten. Heute bin ich sicher, daß in seinem Kopf eine Entscheidung gefallen war und er rasch und im verborgenen handeln wollte. Ich hörte Jane sagen: ›Also, Sir, da muß ich mich von Kopf bis Fuß umziehen‹ und dann abwartete, in der Hoffnung, er werde es ihr erlassen. Doch er entgegnete nur: ›Na, dann aber schnell.‹ Und damit kehrte er zurück ins Zimmer.

Danach blieb ich höchstens noch fünf Minuten. Ich war ärgerlich und fühlte mich unwohl. Er kümmerte sich nicht um mich, saß am Feuer zusammengekauert – wandte nicht einmal den Kopf und sagte kein Wort, als ich ihm kurz eine gute Nacht wünschte. Ich schloß die Tür und hatte mich eben in meinen Mantel gehüllt und die Haustür geöffnet, als Jane von ihrer Seite des Hauses in den Flur hinaustrat. Es war eine Schande, sie bei solchem Wetter hinauszuschicken, denn der Wind blies eisig und dröhnte wie geblasenes Blech. Wortlos nahm ich ihr die Briefe aus der Hand, ließ sie einfach stehen und schloß die Tür hinter mir.

Dann durchzuckte mich ein Gedanke: Ich brauchte doch ebensowenig wie sie durch Schlamm und Schneematsch zu stapfen, nur um für ein derart selbstsüchtiges Ungeheuer eine frühere Post zu erreichen! Über der hiesigen Tür gibt es, wie Sie gesehen haben, ein Oberlicht, und da die Flurlampe ganz hinaufgezogen war, hatte man auf der obersten Stufe genug Licht zum Lesen. Nur um mich zu vergewissern, daß die Briefe nicht allzu dringend aussahen – womöglich eine überfällige Steuererklärung oder dergleichen –, warf ich einen Blick darauf und beschloß, daß sie, wenn es sich nur um gewöhnliche Briefe handelte, bei einem solchen Sturm bis zum folgenden Tag warten konnten. Ich drehte sie in den Händen um. Es waren nur drei: die ersten beiden waren an die zwei jungen Männer gerichtet, die ich erst am Tag zuvor hier im Hause kennengelernt hatte; der dritte ging an eine Adresse in Afrika, und es wurde eine Poststation am oberen Kongo genannt. Als Beweismaterial war es ausgesprochen dürftig. Mit einiger Sicherheit wäre es weitaus vernünftiger von mir gewesen, von dem Unheil, das sich da zusammenbrauen mochte, die Finger zu lassen.

Ich ging die Treppe hinunter, und als ich unten angekommen war, stand mein Entschluß fest. Ich überquerte die Straße und begab mich unverzüglich in mein Haus. Meine Mrs. Sprigg hatte am Wohnzimmerfeuer einen Teekessel für mich bereitgestellt. Ich hielt die Rückseiten der Umschläge nacheinander über die dampfende Tülle, und nacheinander kräuselten sich die gummierten Laschen auf. Ich legte sie vorsichtig ab, zog die Briefe heraus und las sie. Die beiden ersten waren in ihrem Wortlaut beinahe identisch. Sie werden es schon erraten haben. Er bot ihnen an, Teilhaber der wiederauferstandenen Oberkongo-Arbeitsvermittlung zu werden, und er forderte sie auf, für ihn, der ihnen den Weg zu diesen so einträglichen Geschäften gebahnt hatte, eine beträchtliche Anzahl Aktien zu erwerben. Offenbar hatte er sie gut genug ausgehorcht, um sicher zu sein, daß sie auf dieses Angebot eingehen würden, und das beste Anzeichen, wie überzeugt er war, daß sie begriffen hatten, wer es gewesen war, der sie auf den richtigen Weg zum großen Geld gebracht hatte, war die Höhe der Kommission, die er für sich forderte.

So überraschte mich der dritte Brief denn nicht. Er teilte darin mit, daß er weiteres Kapital aufgetrieben habe, daß er einen beträchtlichen Prozentsatz an Liquidationszahlungen für seine alten Aktien erwarte, die mit der vorherigen Gesellschaft untergegangen seien, und daß er auf Kommissionsbasis gegen das, was man wohl einen unverschämt hohen Anteil nennen könnte, bereit sei, weiteres Kapital zu besorgen. Das war also das Geheimnis seines veränderten Betragens mir gegenüber! Er brauchte noch mehr Geld, und da er sich nicht vorstellen konnte, daß ich nicht mehr der Gauner war, der ich früher einmal gewesen war, glaubte er immer noch, ich würde noch einmal ein rundes Sümmchen herausrücken. Doch wie es den meisten Amateuren im Abfangen von Briefen und, was dergleichen Geschäfte mehr sind, ergeht, entdeckte ich nun, da ich meine Informationen erhalten hatte und meinen schlimmsten Verdacht bestätigt sah, daß ich nicht wußte, wie ich mich weiter verhalten sollte.«

Mr. M. nickte. »Das ist stets der Punkt, wenn ich das einflechten darf, an dem ein guter Detektiv den Hebel anzusetzen versucht. Am Anfang ist er nur selten so klug wie derjenige, der sich die ersten Schritte eines Verbrechens ausgedacht hat. Erst an der Stelle, an der der Verbrecher zu improvisieren beginnt, findet der Verfolger die Lücken in seiner Verteidigungslinie und die Löcher im Tunnel. Das ›verstrickte Geweb', das wir weben, wenn auf Trug unser Trachten gestellt‹ ist nicht, wie jenes moralisierende Gedicht meint, der erste Schritt, sondern vielleicht der zwölfte, wenn die Variablen allmählich außer Kontrolle geraten.«

»Nun, ich beeilte mich, meine Spuren zu verwischen. Außerdem hätte ich mich wirklich als Monstrum gefühlt, wenn Jane meinetwegen Scherereien bekommen hätte. Und auf diesen Impuls hin, auf die Entscheidung, demjenigen zu helfen, den wir kennen, um den Preis eines viel größeren Schadens für Tausende, die wir nicht kennen, begab ich mich hinaus in Regen und Schnee, wobei ich immerhin spürte, daß ich etwas tat, das ich nicht tun wollte.«

»Was ebenfalls«, schaltete Mr. M. sich ein, »nicht gerade eine gute Maxime ist.«

Eine Einschätzung, der ich nur zustimmen konnte.

»Sobald sie im Briefkasten lagen«, fuhr Millum fort, »und ich nicht mehr an sie herankam, alles wieder ordentlich zugeklebt und in der Obhut der königlichen Post, schlugen, wie nicht anders zu erwarten, meine Gefühle um. Doch die Sache war mir aus den Händen genommen, so schwer sie auch auf meinem Gewissen lastete. Und Sankey hatte offenbar, nachdem er beschlossen hatte, nicht noch einmal zu versuchen, mich in seine Bande aufzunehmen, ebensowenig das Bedürfnis mich zu sehen wie ich ihn.

Bald sah ich auch die ersten Anzeichen, daß seine Schurkerei sich auszahlte. Ich bemerkte, daß er wesentlich mehr Geld ausgab, als die stattlichen Summen, die ich ihm zahlte, decken konnten, und als ich mich diskret umhörte, erfuhr ich, daß er nicht auf Kredit kaufte, sondern bar zahlte. Auch einer der jungen Männer tauchte wieder auf. Diesmal, so darf ich mit Freude sagen, wurde ich nicht hinübergebeten. Doch während die beiden beim ersten Mal in einem durchaus ansehnlichen Sportwagen vorgefahren waren, kam der eine diesmal in einem schweren Rolls-Royce, mit einem in Seehundfell und Grau livrierten Chauffeur und gar einem ähnlich gekleideten Pagen dazu - alles Zeichen einer plötzlichen Hebung dessen, was wir damals Lebensstandard zu nennen pflegten. Schon der schiere Protz war mir widerwärtig.«

Dann fügte er nach einigem Zögern hinzu: »Ich nehme an, Sie denken, daß ich keinen sachlichen Bericht liefern und Ihnen das alles bestenfalls subjektiv schildern kann - daß ich versuche, es bewußt oder unbewußt so darzustellen, daß die Dinge mir einfach zustießen und ich nichts davon aus eigenem Antrieb tat.«

»Nein, nicht zwangsläufig«, versicherte Mr. M. ihm. »Ich will Ihnen sogar, um Ihnen Mut zu machen, verraten, daß ich längst zu dem Schluß gekommen bin, daß uns viel häufiger, als es die Gesetze des Zufalls erklären können, etwas, nach dem wir auf der Suche sind, auf halbem Wege entgegenkommt.«

Das schien Mr. Millums Skrupel zu zerstreuen, und er hob wieder an. »Genau was ich auch feststellte. Ich stellte fest, daß ich diese abscheuliche Geschichte nicht aus meinen Gedanken verbannen konnte und daß auch kein Ausweg möglich war. Ich war nicht bereit, vor Gericht zu gehen und meinen Anteil daran einzugestehen und eine lange Gefängnisstrafe auf mich zu nehmen, nur damit Sankey sie ebenfalls verbüßen mußte. Im Grunde wollte ich auch nicht, daß er ins Gefängnis kam. Ich wollte einfach nur, daß diese Geschichte aufhörte. Außerdem, so sagte ich mir in meiner Ratlosigkeit, wenn ich und die drei anderen ins Gefängnis wanderten, hätte denn damit das, was am oberen Kongo vor sich ging, ein

Ende? Man konnte doch sicher sein, daß O. K. Johnstone sich jetzt vor der Polizei in Europa gehörig in acht nahm.

Und es ergab sich, daß ich den ersten Schritt aus dieser aussichtslosen Lage und hin zu neuen Schwierigkeiten unternahm, als ich versuchte, meinen Verstand von diesen Sorgen abzulenken, die nun einen Großteil meiner Zeit in Anspruch nahmen und oft zur Folge hatten, daß ich Sankey mit einer Art Abscheu haßte. Ich bin immer gern zu den großen Versteigerungen von Kuriosa in London gegangen, bei Christie's und Sotheby's, denn im Sammeln von Kunstgegenständen hatte ich einen echten Trost gefunden. Ich fuhr nicht nur, um zu kaufen, denn diese Häuser sind auf ihre Weise auch bedeutende Bildungsstätten. Man könnte sich die Kulturgeschichte weiter Landstriche des Westens und eines Gutteils des Osten vergegenwärtigen, wenn man regelmäßig dorthin ginge, und mir vertrieben solche Studien die Gedanken an die Gegenwart, die ich nun die meiste Zeit nur noch als qualvoll empfinden konnte. Denn zu meinem moralischen Kummer kam noch die Sorge hinzu, daß ich nicht wußte, wie lange Sankey mir auch nur meine bis dahin bestehende Immunität noch gewähren und mich nicht drängen würde, mit ihm ins Geschäft zu kommen. Ich war überzeugt, daß er mittlerweile zu einem jener unangenehmen, hochgefährlichen und gar nicht so seltenen Menschen geworden war, bei denen die moralische eine geistige Verwirrung nach sich gezogen hat, zu einem von den Ganoven, die glauben, daß ihnen jeder Coup gelingen muß und daß ihre Macht, anderen Schaden zuzufügen, sie immun gegen jeden Gegenangriff macht.

Es war eine jener großen Sammelauktionen – einige bemerkenswerte Sammlungen von kleinen, doch angesehenen Sammlern waren auf den Markt gekommen. Darunter befand sich eine Reihe kleinerer Werke der bedeutenderen unter den zweitrangigen Barockmeistern, einige schöne Schmiedearbeiten, zwei ausgezeichnete Wandteppiche, ein schöner Satz Majolika und ein halbes Dutzend früher Arbeiten aus Murano-Kristall; dazu der übliche Brokat, Möbel aus geprägtem Leder sowie einige schöne Waffen – die üblichen Stücke, die man im siebzehnten und frühen achtzehnten Jahrhundert in italienischen Patrizierhäusern fand.

Alles erzielte gute Preise, bis ein Stück an die Reihe kam, für das sich zu meiner Überraschung niemand zu interessieren schien. Für meine Begriffe hätte es ebenso wie die anderen - vielleicht sogar mehr, ein Museumsstück sein sollen. Doch schon bei einer lächerlich niedrigen Summe blieben die Gebote aus. Ich wandte mich an den Händler, der für mich zu bieten pflegte, und flüsterte: ›Wieso?‹

›Restauriert‹, flüsterte er zurück.

Doch in seiner Gestaltung und Ausführung und mit den Einlegearbeiten war es ein wunderschönes Stück, und auch wenn es« - Mr. Millum suchte einen Moment lang nach einem Wort und sagte dann ohne rechte Überzeugung: »- nur ein Handwerkszeug war, war es doch ebenso dekorativ wie jedes Möbelstück. Als der Auktionator ›Zum zweiten‹ rief, stieß ich meinen professionellen Begleiter in die Seite, und er nickte, womit er nur zehn Shilling mehr bot als der Vorgänger. Wiederum hob der Auktionator zu seiner dreiteiligen Formel an, doch für dieses Objekt war es das letzte Mal, und wir erhielten den Zuschlag.

Als wir es am Ende der Auktion entgegennahmen, meinte mein Händler zu mir: ›Den Preis ist es natürlich wert. Aber es hätte das Zehnfache erzielen können, wenn es vollständig original wäre. Das Problem damit ist, daß in der vorigen Generation irgendein alter Trottel den originalen Mechanismus gegen einen anderen ausgetauscht hat. Warum können Menschen die Dinge nicht so lassen, wie sie sind? Er hat doch sicher nicht vorgehabt, es zu benutzen.‹

Aber da bin ich mir nicht so sicher.

Natürlich kann eine solche Beschäftigung mit Spielsachen eine wirkliche Sorge nicht vergessen machen. Sie unterdrückt sie nur für den Augenblick - und nicht einmal das funktionierte in meinem Fall.«

»Nein«, sagte Mr. M. und stieg an die Oberfläche dieses Gespräches, wie eine große Forelle nach einer Fliege schnappt. »Nein; der Vorfall gehört in eine Kategorie, die Sie vor einiger Zeit erwähnt haben. Es war kein Sedativum, doch eines jener geheimnisvollen Irritanten. Als nähme man ein Aspirin und stellte fest, daß man aus Versehen ein *nux vomica* genommen hat.«

Ich hatte nicht die geringste Ahnung, wovon sie sprachen, doch Mr. Millum nickte und fuhr fort.

»Ganz recht. Und mehr noch, danach entwickelte sich alles – wie von selbst, hätte ich beinahe gesagt – aber vielleicht sollte ich sagen ... schicksalhaft.«

»›Facilis decensus Averno?‹«

»Ja, Vergil kannte die menschliche Natur, auch wenn er von der Geologie eines Vulkans weit weniger Ahnung hatte. Die Abwärtskurve machte einen plötzlichen Knick nach unten, als ich zwei Dinge entdeckte – nein, beobachtete. Das erste trug sich hier zu, bei Sankey. Nachdem er eine beträchtliche Zeitlang geschmollt hatte, rief er mich plötzlich herüber. Ich rechnete damit, daß es keine angenehme Unterredung werden würde. Das wurde es in der Tat nicht. Ich sollte ihm erlauben, wann immer ihm danach war, zu mir zu kommen und sich dort niederzulassen. Warum? Aus dem absurden Grunde, daß die Laube, in der wir hier sind und in der er bei schönem Wetter immer zu sitzen pflegte, inzwischen zu überwachsen, feucht und dunkel geworden war – sie nahm ihm die Sonne und schirmte ihn doch nicht genügend vom Hause ab. Also war er auf die Idee gekommen, daß es ihm in meinem Garten besser gefallen würde – obwohl er, genau genommen, kaum je einen Blick darauf geworfen hatte.

Einen Moment lang dachte ich, das könne ich abwehren – man brauchte ja nur diese Laube hier zurückzuschneiden; sie war im Stadium hoffnungslosen Wildwuchses. Ich wies ihn darauf hin. Nein, das könne er nicht ertragen, daß jemand alles durcheinanderbringe. Außerdem ... außerdem ... ich gab den Versuch auf, ihn zu überreden, und machte mich davon. Er war ein Dummkopf, ein Gauner und ein egoistischer Paranoiker. Ich würde es nicht auf einen Wutausbruch ankommen lassen – denn ich wußte ja, daß er es im Grunde nur darauf anlegte, einen Streit vom Zaune zu brechen –, und schon gar nicht wegen einer so albernen Kleinigkeit wie dem Zurückschneiden einer Hecke. Wenn ein geistig Verwirrter in einem solchen Zustand ist, kann jede Kleinigkeit zum Ausbruch führen, und ich war noch immer vernünftig genug, vorsichtig genug, und ich hatte eine unbestimmte Vorstellung, daß ich noch nicht wußte, wie ich es einrichten sollte, daß der Ausbruch, wenn er kam, einen eindeutigen Anlaß hatte, und zwar einen, den ich ersonnen hatte.

Doch er ließ mir keine Ruhe. Das hätte ich wissen müssen. Einer bestimmten Sache aus dem Wege zu gehen, hieß, nicht einmal das Symptom zu behandeln. Sogleich war er wieder da – oder, um exakt zu sein, sogleich wurde wieder nach mir geschickt. Nun forderte er, daß ich ihm Teile meines Gartens verkaufen oder schenken sollte, so daß er ihn abgrenzen, eine Mauer errichten und ihn seinem eigenen angliedern konnte – ohnehin eine reine Schnapsidee, denn zwischen den Häusern verläuft ja ein öffentlicher Weg. Wenn er so manisch darauf bedacht war, daß niemand ihn störte, hätte er eine überdachte Brücke oder einen Tunnel unter der Straße bauen müssen – wie die absurden Exzentriker des achtzehnten Jahrhunderts es ja tatsächlich taten.

Als ich wieder in meinem eigenen Haus anlangte, stieg ich hinauf auf das Dach, nur um zu sehen, wie seine wahnsinnige Idee sich verwirklichen ließe, wenn er mich dazu zwänge – wie Naboth, als Ahab es auf seinen Weinberg abgesehen hatte –, und als ich hier hinüberblickte, sah ich, wie der Wuchs der ineinander verflochtenen Zweige dieser Laube sie als ›sonniges Plätzchen‹ unbrauchbar gemacht hatte und wie einfach selbst ein Laie es wieder zurechtschneiden konnte. Als ich dort stand, stieß ich mit dem Fuß an etwas, das unter dem kleinen Vorsprung lag, welcher zwischen den Ziegeln und der eigentlichen Brüstung verläuft. Es war offenbar etwas, das die Dachdecker dort zurückgelassen hatten, nachdem sie ihre Arbeit getan hatten. Vor kurzem mußte ich einige Ziegel ersetzen lassen. Ich hob es gedankenverloren auf und begann damit zu spielen und fragte mich mit den äußeren Schichten meines Verstandes, was es wohl sein mochte und wie man damit arbeitete – während die tieferen Schichten bis zur Erschöpfung bekümmert waren von dem Gefühl, daß ich ganz und gar in der Falle saß.

Meine Ängste waren nur zu begründet. Ich hätte voraussehen müssen, daß es so kommen würde. Natürlich war es unvermeidlich. Sankey war fest entschlossen, mir zu zeigen, daß er mich vollkommen in der Gewalt hatte, und hier hatte er nun eine Gelegenheit gefunden.

Ich war noch keine fünf Minuten in meinem Arbeitszimmer, als Mrs. Sprigg an die Tür klopfte, um mir zu sagen, daß er Jane geschickt habe, um mich zu bitten, noch einmal ›herüberzukommen‹. Jawohl, in dem Augenblick, in dem ich bei ihm anlangte, hier an dieser Stelle, war mir klar, daß er nun die Rolle des Diktators spielte. Er blickte zu mir auf und wiederholte beinahe Wort für Wort, was er zuvor zu mir gesagt hatte, nur daß diesmal nicht mehr von einem Kauf die Rede war! Es war ein Ultimatum. Er erwartete, daß ich seine Anweisungen präzise befolgte. Während der ganzen Zeit, in der er mir auseinandersetzte, was er von mir forderte, unterstrich er die Punkte mit seinem Papiermesser, wie ein Schulmeister es mit seinem Stock bei einem widerspenstigen Knaben tut. Ich war so wütend, ich hätte es ihm am liebsten aus der Hand gerissen, nur war ich überzeugt, daß ein Wutausbruch in diesem Augenblick tödliche Folgen gehabt hätte. Am Ende warf er mit einer Geste des Triumphes das Papiermesser in die Luft, fing es auf, nachdem es den Scheitelpunkt erreicht hatte und wieder hinabfiel, wies mir die Tür und sagte, das seien seine Bedingungen.«

Millum stockte. Er atmete nun schwer bei der Erinnerung an die Szene, in der er so sehr beschämt worden war. Mir fiel auf, daß der Bericht ein wenig von demjenigen, den Jane gegeben hatte, abwich. Doch hier hatten wir nun die umfassendere und verläßlichere Darstellung. Sie hatte ja keinen Begriff von dem Drama, das sich zwischen zwei Menschen abgespielt hatte, die sie für vornehme Herren hielt und von denen zumindest einer zu viel Geld und zu wenig Selbstbeherrschung besaß.

»Dann«, nahm Millum den Faden wieder auf, »lieferte er mir den letzten Beweis, daß er tatsächlich wahnsinnig geworden war. Er blickte mich von der Seite an, und als ich einfach nur nickte, fragte er plötzlich in keckem Ton: ›Na, hast du denn nichts zu sagen, keine weiteren Gegenvorschläge?‹

Der Gedanke durchschoß mich, daß es sich um einen jener unvermittelten Lichtblicke im Auf und Ab des Manisch-Depressiven handeln könne – oder wie sagt man?«

»Das genügt, wir brauchen kein ›Programmheft‹ zu dem, was ein Dichter ›Die schrille Musik in des Wahnwitzigen Hirn‹ nannte. Erzählen Sie weiter«, sagte Mr. M.

»Ich sagte zu Sankey mit einem einigermaßen glaubhaft vorgetäuschten Kichern: ›Natürlich, du kannst meinen Garten haben. Aber es gibt keine Laube darin.‹ Da stutzte er tatsächlich. Ich glaube wirklich, er hatte überhaupt noch nicht darüber nachgedacht, ob es dort so etwas gab oder nicht. Ich hatte den Eindruck, ich könne Zeit gewinnen. Und als ich vorschlug: ›Schau, laß *mich* doch das Dach deiner Laube beschneiden‹, was soll ich Ihnen sagen, da nickte er tatsächlich. Er fühlte sich wohl in seiner Phantasie als Richter, der einen Strafaufschub gewährt. Es war ein schöner, warmer Tag, und er hatte es sehr bequem in seinem eigenen Garten.

Schließlich sagte er: ›Also gut, also gut. Du darfst es versuchen. Feuerprobe, was? Und wenn du scheiterst – wie du es wahrscheinlich wirst –, verspielst du deinen Garten. In der guten alten Zeit hätte es dich natürlich den Kopf gekostet!‹, und nun war es an ihm zu kichern.

Ich machte mich noch am selben Nachmittag an die Arbeit. Und während ich arbeitete (Sie wissen ja, wie der Verstand oft an einem Gedanken weiterspinnt, und die Antwort kommt dann ganz von selbst, wenn die Hände beschäftigt sind), während ich die Zweige zurückschnitt, wußte ich plötzlich, wozu das Dachdeckerwerkzeug da war.«

Mr. Mycroft streckte lässig die Hand aus, wählte aus seiner Müllsammlung den vertrockneten Zweig und schlug damit ein paarmal auf den Tisch.

»Ja, genau«, sagte der andere.

»Da erklang etwas in Ihrem Innersten?«

»Ja«, sagte Millum wiederum. »Ein Akkord!«

»Doch ein Akkord kann aus vier Tönen bestehen, nicht wahr?« drang Mr. M. noch weiter in ihn.

Von neuem pflichtete Millum ihm bei. Doch dieses ständige Einverständnis ließ mich nur um so tiefer im Dunkeln tappen.

»Der vierte war in der Tat eine Art Auslöser«, fuhr Millum fort. »An jenem Abend versuchte ich, ein wenig Ruhe zu finden, als mir plötzlich aus dem Buch, in dem ich las und von dem ich gedacht hatte, es sei genau das richtige, mir meine Sorgen zu vertreiben – der letzte Winkel der Welt, an dem ich erwartet hätte, auf sie zu stoßen –, ein Satz, ein sehr wohlformulierter Satz entgegensprang.«

»Wie die Quäker sagen: ›Er sprach Ihnen aus der Seele?‹« schlug Mr. M. vor.

»Ich weiß nicht recht, ob Sie es auch so formulieren würden, wenn Sie wüßten, was für ein Satz es war«, entgegnete Millum.

»Ich halte es durchaus für möglich«, antwortete Mr. M., ohne einen Anflug von Zweifel.

Doch das war für ihn ein so alltäglicher Zustand, daß ich mich in meiner bescheidenen Ignoranz, die nach Erleuchtung dürstete, aufraffte, seine übliche Antwort in Kauf nahm, und sagte: »Bitte fahren Sie fort!«

»Was ich dort sah, schien die Sache nicht nur einfach zu machen, sondern befreite mich sogar von meinen letzten Skrupeln. Jedenfalls fühlte ich mich danach regelrecht gezwungen, zumindest einen Versuch zu wagen. Der Würfel mußte fallen, und ich, wenn ich so sagen darf, mußte ihn werfen. Ob es mir nun gelang oder nicht, mir schien mittlerweile, daß ich nur noch ein Werkzeug war, ein chirurgisches Instrument, ein Skalpell, das für eine Operation gebraucht wurde ...«

Er stockte, hob erneut an zu reden, überlegte es sich dann anders, sagte nur noch kurz: »Tja, das wäre meine Geschichte« und schwieg dann.

»Eine sehr unvollständige, wenn ich mir erlauben darf, das zu sagen«, hob ich an.

Mr. M. winkte ab. »Nein«, meinte er, »nein, ich sehe nur zwei Lücken, und beide sind klein: die Tatsache, von der Jane uns berichtete, daß Sie in einem Ihrer freundlichen Versuche, dem beinahe wahnsinnigen Sankey Zerstreuung zu verschaffen, ihm jene bezaubernde Sammlung klassischer Literatur liehen, die – um die *mise en scène* zu nennen – mit jener außerordentlichen Sammlung von Kriminalgeschichten über eine Familie eröffnet, aus der sechs Mitglieder die Welt beherrschten, fünf den Verstand verloren und vier ermordet wurden. Die zweite und vielleicht wichtigere Lücke betrifft den zweiten Besuch, den Sie dem Dach Ihres Hauses abstatteten.«

Millum nickte und fügte noch hinzu: »Aber waren die beiden wirklich die Erwähnung wert? Ihnen kam es ja auf das Motiv an; über die Tat selbst wußten Sie, aus Gründen, die Sie selbst am besten kennen, bereits Bescheid. Schließlich habe ich aufgegeben, als ich Ihre Sammlung dort sah, nicht wahr? Und ich glaube, Sie werden, gerade im Lichte dessen, was ich Ihnen erzählt habe, zugeben, daß ich nur zu gern bereit war, mich dem ersten zu ergeben, der alles aufdeckte, und um so lieber«, sagte er und hielt inne, »jemandem, der alles so aufdeckte, wie Sie es taten.«

Nun war Mr. M. an der Reihe, zu Boden zu blicken.

Dann, nach einer beträchtlichen Zeit des Schweigens, während derer meine Geduld nicht eben zunahm (doch keiner von beiden schien sich um mich zu kümmern oder auch nur an mich zu denken), sagte Mr. M. schließlich: »Nun zu unserer dritten Frage, jenem dritten Akt, zu dem die beiden hinführenden Akte so leicht zu schreiben und der selbst doch so schwer zu verfassen ist.«

Doch da schaltete Mr. Millum sich ein, und wie ich zu meiner Freude feststellte, war er auf meiner Seite. Ich tappte im Dunkeln, und ganz gleich ob das, was Mr. M. für eine Aufklärung hielt, so interessant war, wie er selbst meinte, mußte ich doch, um mir ein Urteil bilden zu können, eine gewisse Vorstellung davon haben, was tatsächlich vorgefallen war; und davon hatte ich noch immer nur eine äußerst vage Ahnung. Nun festzustellen, daß Mr. Millum, mit dem ich die Geduld verloren hatte – er schien so bedingungslos jeder Andeutung Mr. M.s zuzustimmen, als ob alles klar auf der Hand läge – festzustellen, daß er auf meiner Seite stand und selbst verwirrt war, ließ mich die Sympathie für ihn empfinden, die man für einen Leidensgenossen hat, ob er nun der Mörder eines Mannes war, der ohne Zweifel ein durch und durch unsympathischer Mensch gewesen war, oder nicht.

Als Millum also sagte: »Könnten wir noch einmal einen Schritt zurückgehen?«, stimmte ich von ganzem Herzen mit einem »Hört, hört!« ein.

»Ich habe meine Karten auf den Tisch gelegt«, fuhr er fort, »und ich will nicht im geringsten leugnen, daß es ein reichlich düsteres Blatt ist. Und ich sage noch einmal, ich bin bereit, den Preis zu zahlen, und wenn es der Galgen wäre. Das Motiv habe ich Ihnen genannt. Nun ist es an Ihnen zu urteilen, ob ich die Wahrheit gesagt habe und, wenn ja, ob das Leben auf Erden sicherer wäre, wenn Sankey noch unter uns weilte oder ich am Galgen baumelte. Und es ist mir wirklich gleich, ob Sie mir nun im wahrsten Sinne des Wortes einen Strick daraus drehen. Für mich ist es keine Frage, daß er zu einer Art menschlichem Krebsgeschwür geworden war, aber ich habe auch eingesehen, daß es falsch war, es herauszuschneiden. Und deshalb bin ich mit meinem Latein am Ende. Doch bevor ich gehe, wäre ich dankbar, wenn Sie mir noch, nur um jenen äußeren Bereichen des Verstandes ihren Frieden zu geben, damit sich meine Gedanken wieder der eigentlichen Frage zuwenden können, welche natürlich die Frage nach dem Motiv ist, danach, ob der Zweck die Mittel heiligt, Aufschluß über die Schritte geben könnten, die Sie dazu brachten«, und damit wies er auf den Tisch, »ein so beredtes Sträußlein zu sammeln, daß ich im selben Augenblick, in dem ich es erblickte, begriff, daß mein Spiel verloren war. Ich habe Ihnen das Motiv erläutert, das ›Warum‹; lassen Sie mich nun wissen, wie Sie hinter das ›Wie‹ gekommen sind.«

Kapitel IV

Mr. Mycrofts »Wie?«

Mr. Mycroft erhob sich und streckte sich. Er schien wunderbar entspannt; ja, wenn man sich so etwas jemals bei ihm hätte vorstellen können, würde ich sagen, er war beinahe übermütig. Er schien gern bereit, unseren Wünschen nachzukommen – vielleicht war er geschmeichelt, daß wir seine Erläuterungen hören wollten. Der Gedanke kam mir auch, daß womöglich auch er die tieferen Schichten seines Gehirns auf jene Weise nutzen wollte, von der er und Millum vorhin gesprochen hatten, während er für uns die verschiedenen Schritte seiner Ermittlungen noch einmal Revue passieren ließ. Er brachte es jedoch nicht über sich, auf die traditionellen Klischees zur Eröffnung zu verzichten, das Geplauder, mit dem all die alten Hasen unter den Zauberkünstlern ihre Vorstellung beginnen.

»Im Grunde alles ganz einfach. ›Gar nicht zu übersehen‹, werden Sie sagen, wenn ich die Karten aufgedeckt habe. Jawohl, es wird mir ein Vergnügen sein, Ihnen beiden meine Schlußfolgerungen der Reihe nach darzulegen. Denn in den ersten beiden Akten steckt immer schon das Geheimnis des dritten verborgen, andernfalls gibt es gar kein Geheimnis. Wir brauchen nichts weiter zu tun als zu begreifen, was man uns vorgesetzt hat. Und da können Sie mir ebenso helfen, wie ich Ihnen von Nutzen sein kann.

Doch zunächst wieder einmal Erfrischung. Wir haben Ihr ›Warum‹ in zwei Portionen genommen, mit dem Mittagessen dazwischen. Erlauben Sie mir nun, wie man zu sagen pflegt, die Kehle zu ölen, bevor ich Ihnen das ›Wie‹ als mein Obbligato liefere.«

Er wandte sich an mich. »Mr. Silchester, ich als Amateurdetektiv will eine olfaktorische Deduktion wagen. Ich bin sicher, ich rieche Muffins in der Nachmittagsluft. Ich schließe daraus, daß sie für uns zum Tee gebacken werden. Wollen Sie diesem Indiz nachgehen und sich vergewissern, ob Ihre Augen die Ahnungen meiner Nase bestätigen können?«

Doch ich brauchte meinen Platz gar nicht zu verlassen. Denn als ich in Richtung Eßzimmer blickte, hörte ich ein Geräusch, und gleich darauf kam Jane herausgeschwebt und brachte wie ein schwer beladenes Schiff das, was die Franzosen *thé complet* nennen, was aber, wenn ich dies eine Mal provinziell sein darf, nur wir Engländer wirklich zu bereiten wissen. Millum und ich erhoben uns, um ihr Sachen abzunehmen, und es war so viel, daß wir alle drei daran zu tragen hatten. Denn begleitet wurden die Muffins, die Mr. M. erschnuppert hatte, von einem Teller mit exzellentem lockerem Gebäck und – auf einem vornehmen Tablett – von einem ebenso guten schweren Teekuchen.

»Der Nachmittagstee«, verkündete Mr. Mycroft, als ich jedem von uns eine Tasse eingeschenkt hatte, ein feiner Oolong, der nur um so stärker duftete, als er aus feinem Spode getrunken wurde, »der Nachmittagstee ist die geselligste aller Mahlzeiten. Er verschafft uns Wohlbefinden, wie jede Mahlzeit, doch da er die leichteste aller Mahlzeiten ist«, und er nahm sich ein Muffin und warf einen anerkennenden Blick auf den Kuchen, »bleibt der Verstand unbeschwert. Und für den Engländer ist der Tee von ganz besonderer Bedeutung, weil er diese sanfteste aller stimulierenden Drogen zur Wirkung gelangen läßt, um sich zu entspannen.«

Keine Frage, Chinatee regte den Meister stets zu Höchstleistungen an, doch für mich, der ich ja nur noch zuzuhören brauchte, sah ich keinen Grund, die nahrhafteren Aspekte der Mahlzeit zugunsten der flüssigen zu vernachlässigen.

Als wir ans Ende unserer Teemahlzeit gelangt waren und Jane die Überreste zurück ins Haus trug, um gemeinsam mit der Köchin zu triumphieren, wie kurzen Prozeß wir mit ihrem Proviant gemacht hatten, hatten wir drei schon beinahe Freundschaft geschlossen. Millum erwies sich als ausgesprochen angenehmer Mensch und regte mich immer wieder zu neuen Gedanken über meinen Aufsatz, nun schon beinahe eine Dissertation, über »1760, der Höhepunkt unserer

Kultur« an. So war ich denn wirklich bereit, meinem Verstand eine Ruhepause zu gönnen und meine ganze Aufmerksamkeit Mr. M. zu widmen, der sich zurücklehnte, den ›Lungentorpedo‹, den er wiederum angeboten bekommen hatte, zwischen den Fingern drehte und sich dann mit einer solchen Begeisterung seinem Bericht zuwandte, daß er auch diesmal ganz vergaß, ihn zu entzünden.

»Ich werde dort ansetzen, wo die Geschichte auch für mich begann, an jenem Morgen, der Mr. Silchester noch im Gedächtnis sein wird – so kurz erst vergangen, und doch ist so viel in dieser Zeit geschehen –, jener Morgen, an dem ich mit der Post ein kleines Päckchen bekam. Begleitet war es von dem Brief eines Freundes, den ich von der Arbeit her kannte, ein Brief, in dem er mir mitteilte, daß er von Amts wegen hierher geschickt worden sei, einen Fall aufzuklären, an dem Zweifel laut geworden seien. Er fügte hinzu, daß er sich der Sache angenommen und, als er gesehen habe, wie die Gerüchte aufgekommen seien, eine gründliche und umfassende Untersuchung angestellt habe und zu dem Schluß gekommen sei, daß es sich um ein phantasievolles Hirngespinst handle und es in Wirklichkeit keinen Grund gebe, die amtliche Feststellung der Todesursache in Zweifel zu ziehen oder die Angelegenheit noch einaml aufzurollen. Der Angelpunkt der ganzen Sache, so schloß er, sei das eine konkrete Beweisstück gewesen, das er zu seiner Freude per Post schicken könne. Wenn ich nach einer Untersuchung zur selben Schlußfolgerung komme wie er, dann solle ich es mit meiner Bestätigung zurücksenden. Sollten mir neue Einzelheiten auffallen, über die ich weitere Aufschlüsse wünschte, so möge ich bitte kommen und ihn am Ort des Geschehens aufsuchen. Er werde in jedem Falle noch einen Tag lang dort bleiben, um bei den örtlichen Behörden die Angelegenheit sachgerecht zum Abschluß zu bringen. ›Jedenfalls‹, so fügte er hinzu, ›ist die Landschaft um diese Jahreszeit am schönsten, es ist ein wirklich ansehnliches Anwesen, und ein Vorfall wie dieser verdirbt uns alten Hasen ja nicht lange den Spaß an einem solchen Ort!‹

Das ist ein Zug an Sark, der mir gefällt: Er ist ein Spezialist in herausragender Stellung, und trotzdem hat er sich von seinem Spezialistentum den Sinn für das Ganze nicht verderben lassen, sondern zieht sogar Nutzen für seine Arbeit daraus. Er ist vermögend und wird sich bald zur Ruhe setzen und sich dann, so hoffe ich, seiner großen Begabung für die Malerei widmen, die er, wie Sie, Mr. Silchester, miterlebt haben, wie alle allgemeinen Talente durchaus auch im Dienste seines Berufes einzusetzen versteht.

Ich bat Mr. Silchester, mit mir einen Blick auf das kleine Rätsel zu werfen. Er schloß sich der Meinung des Experten an.« (Das war nun wirklich eine milde Bezeichnung für meine reichlich voreiligen Schlüsse, die sich offenbar als vollkommen falsch erwiesen hatten.) Er sah in diesem Objekt nichts weiter als das, was es nach außen hin zu sein schien, ein altmodisches metallenes Zierstück, das nun – wie es der schlechte Geschmack unserer Zeit nur zu gern tut – für einen anderen Zweck benutzt wurde als den, für den es gemacht war. Mein Vergrößerungsglas gab ihm und Inspektor Sark recht. Denn der Griff dieses sogenannten Papiermessers war voller Fingerabdrücke, alle von derselben Hand, nach Sarks Auskunft der Hand Sankeys. Sie waren eindeutig, und es waren keinerlei andere zu sehen. Jemand hatte den Griff mit fester Hand umfaßt.

Doch als ich sie näher studierte, kamen mir Zweifel. Kräftig gefaßt, keine Frage, doch wie gefaßt? Die Fingerkuppe ist ein wunderbares Werkzeug zum Zufassen, denn wie die Lauffläche eines Automobilreifens ist sie fest und doch elastisch. Wenn der Wagen zu rasch um die Kurve fährt, dann sind, wie Ihnen schon aufgefallen sein wird, die Reifenspuren, die er hinterläßt, keine regelmäßigen Abdrücke des Profils, sondern sie sind verzerrt. Sie ziehen sich, wenn der Reifen sich an die Straße schmiegt, um zu verhindern, daß der Wagen diese verläßt, in die Richtung zusammen, in die der Wagen durch die Fliehkraft gedrängt wird. Und ich wußte, genau diesen Effekt mußte ich auch hier finden. Ein Miniaturabbild desselben verzerrten Abdrucks hätte ich auf dem Griff dieses Messers sehen müssen.«

Mr. M. legte sein Reliquienbündel wieder auf den Tisch – von wo das Teegeschirr es eine Zeitlang vertrieben hatte –, breitete es von neuem aus und ergriff das Papiermesser.

»Diese Verzerrung in den Windungen des Fingerkuppenabdrucks müßte offensichtlich sein, wenn Sankey es ... das letzte Mal, daß er es benutzte, mit einer solchen Wirkung benutzte. Ich will Ihnen noch ein anderes Bild geben, um ganz klar zu machen, was ich meine – wenn das Messer nur zum Papierschneiden verwendet worden wäre und zu keinem anderen Zweck, niemals als Dolch, dann würden die Fingerabdrücke erscheinen wie eine Folge von Wellen auf einem stillen Teich. Doch wäre das Papiermesser jemals statt zwischen die Seiten eines Buches zwischen die Rippen eines Menschen gestochen worden, und dies von menschlicher Hand, dann sähen die Wellen aus, als fege der Wind darüber und als würden sie von dem Punkt und in die Richtung fortschwappen, an dem die Spitze des Dolches die Wasseroberfläche traf. Ich hoffe, ich habe mich verständlich ausgedrückt!«

Millum wandte sich ab und zog heftig an seiner Zigarette.

»Das genügte, um meine Neugier zu wecken, und ich wollte mehr wissen. Und als ich mir dann den kleinen Griff hier, das Heft, näher besah, fiel mir noch etwas auf. Dieser Griff besteht aus zwei Metallen, ein Mittel, das Silberschmiede oft anwenden, um ihr Werk abwechslungsreicher zu gestalten. Und es war keine Frage, daß es sich um ein echtes Stück handelte, ein kleines Spielzeug aus der Renaissance, eine extravagante Haarnadel aus jener extravaganten Zeit, aus Silber gefertigt, in einer Epoche, in der es unter den Silberschmieden Künstler gab, die an Fertigkeit einem Cellini nicht nachstanden. Dem Heft aus inzwischen fast schwarz gewordenem Silber – wir wissen ja, daß der verstorbene Herr dieses Hauses, wenn schon vor nichts anderem, so doch vor Patina Respekt hatte – sind, wie Sie sehen, auf der Oberseite drei kleine längslaufende Rillen oder Riefen hinzugefügt worden, die ohne Zweifel den Reiz noch erhöhen. Doch das Merkwürdige war, daß, als ich dies andere stumpfe Metall untersuchte, das, wie Sie sehen, nicht schwarz, sondern dunkelgrau ist, ein wenig Feilen mir enthüllte, daß es Aluminium war – ein Material, das Cellini und seinesgleichen vielleicht durchaus geschätzt hätten, das jedoch Menschenaug' erst erblickte, als er und seine Zeitgenossen schon an die vierhundert Jahre unter der Erde lagen.

Doch all das bewies noch nichts. Allerdings war ich nun noch weniger geneigt, Mr. Sark ohne weiteres meinen Segen zu geben.

Ich wußte an dieser Stelle noch nicht mehr, als daß es einige Fragen gab, die ich unserem Inspektor stellen konnte, Fragen, die ihm zu denken geben und ihn zweifellos zu einer ordentlichen Auseinandersetzung aufstacheln würden, wie wir Spürhunde sie lieben. So fuhr ich denn fort, dies Stück zu studieren, bis es Mr. Silchester - der eher intuitiv vorgeht - schon beinahe ärgerte. Denn ich mußte mein schweres Geschütz auffahren, mein großes Mikroskop, das ihm stets, und ich darf wohl sagen, daß der Romancier es zwangsläufig so sehen wird, eher als Theaterrequisite vorkommt denn als ein notwendiges Instrument der Detektivarbeit. Doch es lohnte sich. Denn als ich mich das Heft hinauf vorarbeitete, entdeckte ich, als ich am oberen Ende ankam, zwar vielleicht nicht direkt ein weiteres Indiz, aber doch wiederum etwas, was das offizielle Urteil in Frage stellte.

Denn sehen Sie, das Oberende dieser zum Papiermesser zweckentfremdeten Haarnadel ist als flaches Kapitell ausgebildet - in der Renaissance stets der konventionelle Abschluß einer solchen säulenartigen kleinen Komposition. Ich musterte es, um zu sehen, ob ich vielleicht die halb verwischten Spuren eines Daumenabdrucks fand, der dort zu erwarten war, wenn jemand sich das Messer in die eigene Brust gestochen hatte. Es war keiner da. Doch war es denkbar, daß solche Spuren an einer so exponierten Stelle abgewischt worden waren oder niemals einen eindeutigen Abdruck hinterlassen hatten. Außerdem mußte ich zugeben, daß es möglich war, daß der Stich geführt wurde, ohne daß der Daumen in dieser Stellung war. Doch die Mühe, mit der ich vergebens danach suchte, wurde dadurch belohnt, daß ich einen weiteren dubiosen Punkt fand. Sehen Sie, hier, über die Oberseite, verläuft eine flache Kerbe.«

Ich bestätigte, daß es so war; Mr. Millum blickte nicht hin. Ich muß sagen, es schien mir nicht weiter von Bedeutung, Mr. M. erriet meine Gedanken.

»Warum auch nicht? fragen Sie, und das zu Recht. Ja«, gestand er ein, »es hätte mir nichts genutzt, hätte ich nicht unter dem Mikroskop gesehen, daß in der Kerbe etwas klebte. Wiederum nichts Spektakuläres. Doch wenn man erst einmal Verdacht geschöpft hat, muß alles Rechenschaft darüber ablegen, wer und was es ist, selbst wenn das, was es zu sagen hat, auf der Hand liegt. In der Kerbe klebte etwas; nicht unnatürlich bei einem antiken Gegenstand, der, wie wir ja nun wissen, niemals poliert werden durfte, aber doch unbeabsichtigt mit Putztuch oder Staubwedel in Berührung kommen konnte. Ich kratzte etwas von dem, was in der Kerbe saß, heraus und konnte es ohne große Mühe als gewöhnliches Harz erkennen - Baumharz. Ich schabte die ganze Kerbe aus und verwahrte meine kleine Probe sicher, für den Fall, daß sie sich noch als nützlich erweisen sollte. Doch als ich das getan hatte, stellte ich fest, daß ich eine weitere kleine Frage aufgeworfen hatte - wiederum keine Antwort, aber eine Aufgabe, die die Kerbe selbst mir stellte. Als sie ausgekratzt war, bemerkte ich, daß das Silber hier zwar ebenfalls dunkel geworden war, doch weit weniger dunkel als an der übrigen Oberfläche. Mit anderen Worten, die Kerbe machte nun den offensichtlichen Eindruck, als ob sie wesentlich jüngeren Ursprungs sei als die übrige Handwerksarbeit und die Ziselierung. In zwei Punkten war ich mir also sicher: die Kerbe und die Aluminiumriefen gehörten nicht zum ursprünglichen Stück und waren erst kürzlich angebracht worden. Warum sich jemand die Mühe machen sollte, ein bloßes Spielzeug so zu bearbeiten - das war nun wirklich ein Rätsel.

Doch meine Beschäftigung mit der Kerbe lieferte mir noch einen weiteren Hinweis. Ich bekam erste Aufschlüsse, nach was für einer Art von Mensch ich suchen mußte, und ich wußte nun, daß es jemand sein mußte, der über nicht unbeträchtliche antiquarische Kenntnisse verfügte.

So setzte ich denn meinen Zeugen von neuem dem durchdringenden Auge des Mikroskopes aus, und mit der feinsten Nadelspitze, die ich halten konnte, ritzte ich an einigen Stellen die Seiten der Kerbe an. Und da stand, bei der Vergrößerung, mit der ich arbeitete, das Urteil klar geschrieben.

Eine der geschäftigsten und auch lukrativsten Sparten der Detektivarbeit - denn es geht dabei um beträchtliche Summen - ist das Erstellen von Gutachten über antike Bronzen. Es ist ein großer Markt, weil so viele Kulturen ihre dauerhaftesten Kunstwerke aus diesem Metall schufen. ›Ewiges Erz‹ - der Ausdruck selbst ist heute schon eine ehrwürdige Antiquität. Haltbarer als Eisen, weniger vom Einschmelzen bedroht als Gold. Die Preise sind oft sehr hoch, denn viele dieser Arbeiten sind ausgesprochene Meisterwerke. Und wo Geld im Spiel ist, gibt es auch Haie, denen die Leichtgläubigen zur Beute werden. Die Fälscher haben, das muß man zugeben, wahre Wunder vollbracht, und diejenigen, die die Fälschungen entlarven, waren ihrerseits nicht weniger erfindungsreich. Es ist eine weltweite Schlacht, die im Verborgenen ausgefochten wird, und beide Seiten machen sich alle wissenschaftlichen Erkenntnisse zunutze, an die sie gelangen können. Der große Triumph der Fälscher war ihre Entdeckung, wie sich jene Patina herstellen ließ, die den Sammlern so viel bedeutet und Jane ein solcher Dorn im Auge ist. Ich, als reiner Wissenschaftler, möchte nicht entscheiden, welche der beiden Auffassungen die richtige ist. *De gustibus* lautet für mich bei derlei Auseinandersetzungen stets die abschließende Formel.

Doch was meine Aufmerksamkeit erregte und zur potentiellen späteren Verwendung in meinem Gedächtnis gespeichert wurde, war der Gegenschlag der Museen, als ihre Schätze solchen Attakken ausgesetzt wurden, dieser unterschwelligen Überflutung ihres Marktes. Sie entdeckten, daß zwar selbst für das schärfste Auge ohne Hilfsmittel die Patina, die erst gestern chemisch produziert worden ist, nicht von der zu unterscheiden ist, die zwei oder drei Jahrtausende ungestörter Ruhe in der Erde braucht, um sich natürlich zu entwickeln, daß man jedoch nur (so klein, daß das unbewaffnete Auge es gar nicht bemerkt) die Feile anzusetzen braucht, und unter dem Mikroskop wird die Täuschung offenbar. Wenn die Oxydation des Kupfers (und nichts anderes ist ja die Patina) fortschreitet, dringen bei der Zersetzung kleine Risse immer tiefer in das Metall ein, so daß ein Muster entsteht wie die Äste eines Baumes, was deshalb auch Verästelung genannt wird. Der springende Punkt ist jedoch, daß diese Verästelungen, wenn sie über einen langen Zeitraum hinweg natürlich entstehen, unregelmäßig sind wie Bäume im Wald; werden sie jedoch von Menschenhand künstlich und rasch hergestellt, wirken sie tatsächlich unnatürlich – sie sind steif und mechanisch, wie die Bäume rund um ein Puppenhaus! Und das gilt auch für Silber. Was ich unter dem Mikroskop sah, waren genau diese kleinen, regelmäßigen Bäumchen.

Und während ich noch überlegte, wie diese zwei oder drei kleinen Anomalien und die Zweifel, die die Fingerabdrücke aufgeworfen hatten, zusammenhängen mochten, war es, daß Mr. Silchester mir zu Hilfe kam, der der Meinung war, ich solle mit dem Akt, den ich eben spielte, zu Ende kommen und einen neuen beginnen. Wie Ihnen wahrscheinlich nicht entgangen ist, konzipiert er eine Arbeit, von der wir, wie ich hoffe, noch mehr hören werden – ›1760, der Höhepunkt unserer Kultur‹ –, und als er seine ersten Geistesblitze dazu erläuterte, fiel dabei das Wort ›ausgewogen‹. Und als er dieses Wort gar noch wiederholte, gab er mir, wie es so oft bei uns beiden geschieht, einen Gedanken ein, fast noch bevor ich begriff, was er bedeutete – die Idee zu einem Experiment. So zog ich, der ich ihm ja meinerseits eine Anregung gegeben hatte, die seine eigene Kreativität auf dem Felde der Geschichtsschreibung zweifellos ebenso stimulierte, denn das Papiermesser unter dem Objektiv des Mikroskops hervor und begann zu prüfen, wie es ausbalanciert war. Als ich den Schwerpunkt fand und es dann zur Spitze hin kippte« – Mr. M. führte es uns vor –, »kam mir der entscheidende Gedanke. Natürlich sind solche Nadeln, wie schon erwähnt, so gewichtet, daß sie aus den Locken der Trägerin nicht herausfallen. Außerdem wußte ich, daß ich keine voreiligen Schlüsse ziehen durfte. Und die beste Art, das zu vermeiden, ist einfach nicht auf die Gedanken zu achten, die sich herausbilden, und die beste Art *dies* wiederum zu vermeiden ist aufzuspringen und etwas ganz anderes zu tun. So schlug ich Mr. Silchester vor, den nächsten Zug zu nehmen und hierher zu kommen.

Als wir hier waren, entwickelte Sark uns seine Theorie überzeugend aus den Indizien. Mehrfach spürte ich, daß es als eine ziemliche Dummheit erscheinen müßte, wenn ich ihm widerspräche. Aber ich fand doch, daß ich sicherheitshalber alle Zweifel überprüfen sollte, die ich hegte. Zuerst verriet mir unsere bewundernswerte Jane, bewundernswert in ihrer Gesprächigkeit ebenso wie in ihren anderen Leistungen – glauben Sie mir, nicht daß Menschen zuviel reden, langweilt uns, sondern daß wir ihnen zu wenig zuhören – Jane verriet mir, daß sie niemals eine harzhaltige Politur verwende. Woher stammte also das Harz in jener Rille? Als nächstes, als wir im Garten waren, wurde uns vorgeführt, wie undenkbar es war, daß jemand durch die Gartentür eingetreten war – und es trat ja auch niemand ein – und wie der Eindruck, daß es anders gewesen sei, eine reine Sinnestäuschung war, eine Lösung, auf die nur jemand kommen konnte, der Künstlertum mit der Detektivarbeit verbindet. Das ist genau die Art von Beweisen, bei denen die Geschworenen schwach werden vor Bewunderung – sie zeigen, wie sie stets gern glauben wollen, die Nutzlosigkeit aller Indizien. Denn vergessen Sie eins nicht, Geschworene sind immer gegen das Gericht eingenommen. Das ist die Stärke des Systems und die Rückversicherung der Demokratie – der einfache Mann, der Zutritt bekommt, um die Experten bei ihrem Spiel zu beobachten und der die entscheidende Stimme hat, wenn die Fachleute mit ihrer Klugheit zu weit gehen, so daß reine Taschenspielerei daraus wird.

Aber ich sollte nicht vorgreifen. Wir bekamen, wie gesagt, vorgeführt, wie aus der visuellen Sinnestäuschung ein Beweis entstanden war, den es in Wirklichkeit gar nicht gab. Nur weil Jane wünschte, daß es Mord war – denn Tatmenschen finden Mord stets weitaus attraktiver als Selbstmord –, fand sie auch den Beweis. Sie wollte nicht, daß es Selbstmord war, denn einen Selbstmörder kann man nicht mehr zu fassen bekommen – er ist einem durch die Finger geschlüpft. Doch man kann eine Ahnung haben und ›Haltet den Mörder!‹ rufen, besonders wenn es ein Landstreicher ist, jemand, der nicht arbeitet, wenn alle anderen es tun. Ja, Janes Motiv ist nur zu klar, obwohl ...«, an dieser Stelle legte Mr. M. eine Kunstpause ein und der jüngere Mr. M. rutschte unruhig hin- und her, »obwohl ich mir sicher bin, hätte sie damals begriffen, was geschah, so hätte sie Selbstmord als Erklärung vorgezogen.

Und doch, um zu den Fakten zurückzukehren, war Jane für meine Begriffe jemand, auf den man sich verlassen konnte. Ich hatte gesehen, daß sie eine ausgezeichnete Berichterstatterin war, und auch wenn sie (die sie ja nicht sorgfältig die Impressionisten studiert hatte, und niemand stellt so sehr die Frage danach, was wir wirklich sehen, wie diese) auf den Trick oder das Spiel des Lichts an dieser Tür hereingefallen war, sah sie ja doch nicht nur – sie hörte auch.

Nun weiß ich aber, daß das Ohr einem noch eher einen Streich spielen kann als das Auge. Ist schon das, was man sieht, eine unsichere Grundlage, um darauf eine Überzeugung aufzubauen, so gilt das erst recht für das, was man hört. Man weiß ja, daß nicht einmal ein Gericht dem Hörensagen Glauben schenkt! Doch hier kommen wir zu dem echten Problem aller Sinneswahrnehmung, das Mr. Silchester vor einiger Zeit zur Sprache brachte und zu dem wir nun mit Gewinn zurückkehren können. Unser großer ionischer Vater der Detektivkunst und der Analyse, Heraklit, sagte: ›Die Sinne sind schlechte Zeugen.‹ Er machte keinen Unterschied zwischen ihnen. Ich glaube, alles in allem hatte er recht. Doch wenn ich mir erlauben darf, so herablassend zu einem der Ur-Denker der Menschheit zu sein, so würde ich es noch ein wenig präzisieren. Gewiß würde ich zustimmen, daß die Sinne oft reichlich unzuverlässige Führer auf jenem ungeheuren Entdeckerzug sind, zu dem Heraklit und die ersten griechischen Naturwissenschaftler sich auf den Weg machen. Sie suchten nach den Abdrücken einer Hand, die ebenso allgegenwärtig ist wie unsichtbar. Doch bei den trivialeren Dingen von Lüge, Mord, Diebstahl – kurz, dem, was an der Oberfläche des Lebens geschieht – sind es weniger unsere Augen- und Ohrenzeugen, unsere gewieften Berichterstatter, denen die Fehler unterlaufen, sondern sie unterlaufen uns selbst, die wir sie verhören. Im Vergleich zu deren Fehlern sind die unseren ungeheuerlich.«

Mr. M. hielt inne und lachte. »Verzeihen Sie, aber die Antike spornt mich immer wieder an. Sie werden mich mit jenem klassischen französischen Anwalt vergleichen, der niemals ein Plädoyer vor Gericht halten konnte, ohne daß er mit seinen Ausführungen bis vor den Sündenfall zurückging und am Ende dann das Zugeständnis machte, die Sintflut als Ausgangsdatum zu nehmen. Doch Sie, Mr. Silchester, haben den Punkt aufgebracht, und letzten Endes – man kann Ihrer unanalytischen Intuition nur gratulieren – dreht sich der ganze Fall darum. Wenn Ihnen das an dieser Stelle als eine zu gewagte Behauptung meinerseits erscheint, kann ich

Ihnen doch zumindest verraten, daß das der Punkt war, an dem meine tastenden Versuche dem wichen, was unter Jägern, glaube ich, eine brusthohe Fährte genannt wird.

Lassen Sie mich deshalb noch eines zum Thema Sinneswahrnehmung sagen, dann kehren wir unverzüglich zu unserer Geschichte zurück. Ich denke mir, daß in neun von zehn Fällen, wenn wir etwas spüren, etwas erfahren, uns unsere Sinneswahrnehmungen einen durchaus soliden Bericht darüber liefern. Das Problem daran ist, daß wir so gehetzt und so unaufmerksam sind, daß wir nicht zwischen dem, was sie uns tatsächlich mitteilen, und der Deutung, die wir dem geben wollen, unterscheiden. Der schlimmste Richter vor Gericht, der gelangweilt vor sich hin döst, geht mit Beweismaterialien kaum so verantwortungslos um wie wir mit Daten, die uns unsere einzigen Informanten, unsere Sinne, zu Dingen liefern, die über Leben und Tod entscheiden können. Denn nur sie können uns Aufschluß über das geben, was wir die Welt, in der wir leben, nennen und durch die wir blind hindurchstolpern.

Das A und O eines guten Kreuzverhörs ist, jeweils nur eine Frage zu haben und sich nur einen Zeugen vorzunehmen. So war mir denn, sobald ich mit Jane gesprochen hatte, klar, daß sie eine gute Berichterstatterin war - lebhaft, lebendig, aufmerksam, interessiert. Sie sagen, sie ist auf die Tür hereingefallen, die sich scheinbar bewegte, und ich habe das eingestanden. Aber ich frage mich, wie ist sie überhaupt auf den Gedanken gekommen, daß die Tür sich geöffnet haben könnte, was erregte ihre Aufmerksamkeit, so daß sie in diese Richtung blickte? Ein ganz anderer Sinn: ihr Gehörsinn. Nun ist das Gehör ein Sinn, der uns viele Schwierigkeiten bereitet, doch das liegt nur daran, daß wir einfach nicht bereit sind zuzuhören, wenn es zu uns spricht. Unverzüglich wenden wir uns ab und tragen unseren Augen auf nachzusehen, wovon das Gehör denn da redet. So behandelt man keinen Zeugen, und wir bekommen unsere verdiente Strafe dafür - ein Durcheinander. Genau so ist es Jane ergangen. Leider ist dies das übliche menschliche Verhalten heutzutage; unsere Augen laufen mit uns davon. Deshalb glauben wir, was wir sehen - und der Gesichtssinn straft die übrigen Sinne mit einer Verachtung, die sie nicht verdienen. Es ist nämlich verblüffend, wie viel, wie intensiv und zielgerichtet, Menschen hören können, wenn sie versuchen, das Gehörte wahrzunehmen und sich nicht nur bereitmachen zum Sehen. Und dann ist da noch der Geruchssinn, noch stärker vernachlässigt, ein Sinn, in dem ich, wie ich gleich zu zeigen hoffe, ebenfalls einen nützlichen Helfer gefunden habe. Schließlich sagen die Franzosen von einem Menschen mit großem Kunstverstand, einem, der über die Wahrnehmung der Augen hinauszugehen scheint, daß er Flair habe - die Fähigkeit, ein Meisterwerk aus einer Verkleidung, die das Auge vollkommen von der Spur abbringen würde, herauszuriechen.

Nun, ich gehe davon aus, daß Jane *irgend etwas* gehört hat. Unser Freund der Inspektor konnte die Täuschung ihres Gesichtssinnes erklären. Doch als er das getan hatte, gab er sich damit zufrieden. Er versuchte nicht zu erklären, *warum* sie glaubte, sie habe nicht nur gesehen, sondern auch gehört, wie die Tür sich öffnete. Nachdem er bewiesen hatte, daß sie sich an jenem Tag nicht geöffnet haben konnte, kümmerte er sich nicht weiter um die andere kleine Frage, die in Wirklichkeit den Schlüssel zu allem enthielt. Er als bildender Künstler erkannte, daß es eine optische Täuschung gab; sie sah etwas, was sie mißdeutete. Wäre er stattdessen Musiker gewesen, hätte er vielleicht gefragt: ›Selbst wenn sie es mißdeutete, was hat sie denn dann in Wirklichkeit gehört?‹ Ich glaube, wenn er sich diese Frage gestellt hätte, dann hätte er ebenso viel gewußt, wie ich erfuhr!«

Nach einer Pause fügte er hinzu: »Wenn man bedenkt, wie die Dinge sich entwickelt haben, war es, glaube ich, eine glückliche Fügung, daß sein Steckenpferd die Malerei war und nicht die Musik. In einem Punkte war ich natürlich von Anfang an im Vorteil. Ich als Amateur konnte es mir leisten, die Detektivarbeit aus purem Interesse an der Sache zu betreiben, nicht als Vertreter einer gesellschaftlichen Institution, die Verbrecher dingfest machen will. Ein Polizist kann niemals ein wirklicher Künstler auf seinem Gebiete werden«, seufzte er, »denn bestenfalls ist es ein schwacher Versuch, die Dinge noch aufzuhalten, die schon zu weit gegangen sind, hinzurichten, weil man nicht heilen kann, niederzuwerfen, ohne zu verstehen. Polizisten können nichts verhindern, weil sie im

Grunde nicht an den großen Fragen aller Detektivarbeit interessiert sind – den Motiven der Menschen, den Begierden der Menschen und an der größten aller Tragödien, der Unermeßlichkeit unserer Wünsche und unserer armseligen, unzureichenden, hoffnungslosen Mittel. Ich weiß, das klingt wie eine überflüssige Moralpredigt, aber glauben Sie mir, gerade weil dies meine Grundannahmen waren, als ich mich mit der Detektivarbeit zu beschäftigen begann, bin ich in einer Reihe von Fällen zu tieferen Einsichten gekommen als meine berufsmäßigen Kollegen. Und mehr noch, genau dieser Einstellung verdanke ich den Standpunkt, von dem aus ich den vorliegenden Fall in seiner Gesamtheit überschauen konnte.

Mir mit meinem rein wissenschaftlichen Interesse an der Detektivarbeit war dieser Punkt aufgefallen – dem wir so viel Zeit widmen mußten, weil alles andere sich darum dreht –, die Frage unserer Sinneswahrnehmung, wie leicht wir uns täuschen lassen, wenn wir ihre Signale zu entziffern versuchen. Und ich habe die akustische Wahrnehmung hervorgehoben, weil sie für die Schwierigkeiten, die sie bereitet, berüchtigt ist. Fledermäuse haben ein perfektes binaurales Gehör – das heißt, sie nützen ihre Ohren so, wie auch wir es tun sollten, wie wir in Wirklichkeit aber nur unsere Augen nutzen. Sie erkennen den Standort eines Gegenstandes per Echolot, indem sie unablässig Pfeiftöne aussenden und ihr Echo mit einer solchen Perfektion vermessen, daß sie mit verbundenen Augen durch ein Drahtgewirr fliegen können, ohne einen der Drähte zu berühren. Wir ermitteln Standort und Entfernung eines Objektes durch dieselbe Dreipunktmessung mittels unserer Augen – das binokulare Sehen. Ich zweifle nicht, daß wir es ebensogut mit unseren Ohren tun könnten. Aber wir sind faul. Und so kommt es, daß wir hören, aber nicht wirklich zuhören, und da wir es an der angemessenen Aufmerksamkeit mangeln lassen, werden wir das Opfer von Täuschungen.

Deshalb habe ich mir schon vor Jahren, als ich diese Lücke in unseren detektivischen Fähigkeiten erkannte, ein kleines Nachschlagewerk angelegt, in der Art der Synonymwörterbücher – doch meines nannte ich zu Recht ein Lexikon der Symphonien.«

Da blickte selbst der willfährige Millum auf, und in seinen Zügen stand ebensoviel höfliche Entrüstung geschrieben wie in den meinen.

Mr. M. lächelte.

»Lassen Sie sich nicht täuschen, denken Sie nicht, ich hätte ein Verzeichnis der großen Werke der bekannten Komponisten angelegt! Ich gebrauche das Wort in einem präziseren Sinne als sie. Mein Katalog führt die verblüffenden Ähnlichkeiten zwischen Geräuschen auf, die von verschiedenen, grundverschiedenen Quellen ausgehen können, was zu vollkommen irrigen Deutungen führt. Sie werden kaum glauben, wie ähnlich, ja wie ununterscheidbar für das ungeschulte Ohr, mit dem die meisten Menschen sich zufrieden geben, Geräusche sind - Geräusche, die wir für ganz unterschiedlich halten, weil wir, wenn wir zu ihnen hinblicken, *sehen,* daß sie von Objekten ausgehen, die ganz unterschiedlich *aussehen.* Wissen Sie, daß manches Geschirr, wenn man es in Seifenwasser spült, einen Ton von sich gibt, der dem Knurren eines Hundes so ähnlich ist, daß die Leute aus dem Fenster sehen, weil sie meinen, der Wachhund habe angeschlagen?

Einmal hatte ich einen Fall, bei dem alles darauf ankam, ob jemand einen Gang hinuntergegangen war, um an dessen anderem Ende einen Mann umzubringen. Ein Zeuge schwor, daß jemand hinuntergegangen sei. Bei der Befragung stellte sich heraus, daß er ihn nicht gesehen, sondern nur gehört hatte. Auf weiteres Nachfragen mußte er zugeben, daß er nicht die eigentlichen Schritte, sondern nur das Knarren der Fußbodendielen gehört hatte. Als man den Teppich zurückschlug, stellte sich heraus, daß gar keine Dielen darunter waren, sondern Fliesen. Die Anklage wurde fallengelassen - zu meiner Erleichterung. Denn am Ende wurde ich hinzugezogen und konnte den Täter ermitteln, ihn vor dem Strang bewahren und dafür sorgen, daß er für den Rest seines Lebens Wiedergutmachung leistete. Denn die Zeugenaussage, von der ich sprach und um die sich alles drehte, wurde nicht des mangelnden Gehörs des Zeugen wegen verworfen, sondern wegen seiner irrigen und voreiligen Deutung dessen, was er gehört hatte. Was er immer wieder beteuerte, selbst als seine Aussage bereits verworfen war,

war, daß er das Knarren gehört hatte wie von jemandem, der über die Fußbodendielen geht, und er fügte hinzu: ›Ich habe gehört, wie es gleichmäßig den Gang entlangknarrte. Ich bin sicher, daß dort jemand ging.‹ Und er hatte recht, ob Fliesen oder keine Fliesen. Doch Fliesen knarren nicht. Was konnte also ein ähnliches Geräusch erzeugt haben? Ich zog meinen Katalog zu Rate und erwartete, daß er mich auf Stiefel verweisen würde – was mir nichts geholfen hätte. Ich stellte fest, daß das Knarren von Stiefeln Ähnlichkeit mit dem Geräusch eines Korkens hat, der langsam aus einer Glasflasche gezogen wird, und fand eine Menge weiterer Verweise, doch keinen, der in diesem Falle nützlich war. Doch als ich durchsah, was ich mir zum Knarren von Fußbodendielen notiert hatte – was meinen Sie, was ich da fand? Jenen steifen Stoff, den man Cord nennt – ein Stoff, den in der Regel niemand außer Wildhütern trägt, und das verriet mir auf Anhieb den Täter.

Und nun können wir den Beweis führen. Jane hörte – so sagt sie –, wie die Tür aufging. Was Jane tatsächlich hörte, jedoch auf der Basis ihres unbewußten Wunsches mißdeutete, war ein ›Plong‹. Da sie wollte, daß es sich um das Geräusch der Tür handelte, war sie sicher, daß dem so war. Sie führte Belege an, daß dies nicht nur möglich, sondern sogar wahrscheinlich war. Und wir selbst haben jenen Schnappmechanismus über der Tür erklingen lassen«, und er wies über die Schulter zur Gartenmauer hinter ihm, »der wie eine riesige Mundorgel klang. Außerdem sah sie den Schatten, den das Laubwerk über der Tür warf, als es sich in einem Windstoß bewegte. Und so fügte sie ihrem ersten, auf Wunschdenken basierenden falschen Schluß einen zweiten hinzu, kombinierte die beiden Schlüsse und war überzeugt, daß die Tür sich geöffnet hatte. Sie hörte, lassen Sie mich das noch einmal sagen, ein ›Plong‹. Die Position, in der sie sich befand, war denkbar ungeeignet, unsere einzige Methode anzuwenden, den Ausgangspunkt eines Geräusches zu bestimmen, das biaurale Hören. Denn sie blickte hinaus in den Garten, und das Geräusch kam nun einmal nicht von ihrer rechten, sondern von ihrer linken Seite.«

»Ich bitte um Entschuldigung«, unterbrach Millum mit ruhiger Stimme und in sachlichem Ton, »ich bitte um Entschuldigung, aber das leuchtet mir nicht ein. Wenn ihr linkes Ohr dem ... dem Ursprung des Geräusches zugewandt war, dann war sie doch genau am rechten Ort, um die Richtung zu bestimmen?«

»Ein guter Einwand«, räumte Mr. M. ein, »aber Sie haben nicht an das Echo gedacht. Was für die Malerei gilt, gilt auch für die Akustik: Die Licht- oder Tonausstrahlung einer jeden Quelle wird zum Teil zurückgeworfen, und das in einem solchen Maße, daß wir oft, wie in diesem Falle, glauben, die Oberfläche, von der das Echo reflektiert wird - in unserem Falle die Backsteinwand hier hinter uns -, sei der eigentliche Ausgangspunkt des Tones. Die Schwingungen, denen wir hier auf der Spur sind, kamen von einer Position oberhalb und hinter derjenigen Janes. Natürlich hörte sie dann als erstes und vielleicht einziges das Echo, das von der Mauer zurückgeworfen wurde und somit zuerst auf ihr rechtes Ohr traf!«

Millum verbeugte sich, und ich nickte mit wachsender Anerkennung.

Mr. M. fuhr fort: »Die Tatsache, daß Jane *wirklich* ein derartiges Geräusch gehört hatte und sich doch in ihrer Deutung irrte, woher der plötzliche sirrende Laut kam - dieser Gedanke war es, der plötzlich, wie eine Note, die einen Akkord zur Auflösung bringt, die ganze Angelegenheit in meinen Gedanken Form annehmen ließ. Und dann, wie es zu geschehen pflegt, wenn man einmal den richtigen Ansatz gefunden hat, paßte alles zusammen.

In der Laube war mir durch den Kopf gegangen, daß es eine seltsame Jahreszeit war, um Bäume zu schneiden, wo doch die Säfte schon steigen. Ich glaube, heute können wir sagen, da Sankey verrückt genug war, die Henne zu töten«, und er lächelte milde zu Millum hinüber, »die ihm goldene Eier legte, warum sollte er da nicht Bäume beschneiden, kurz bevor sie grünten! Aber das wußte ich zu jenem Zeitpunkt noch nicht. Und je mehr ich mich umsah, desto merkwürdiger fand ich es, und desto mehr Hoffnung schöpfte ich deswegen auch, auf eine wirklich bemerkenswerte Geschichte zu stoßen. Denn als nächstes fiel mir auf, als ich mir die Laube ansah, daß die Zweige zwar durchaus mit einigem Geschick getrimmt waren, daß es aber eine häßliche Stelle gab, an der ein regelrechtes Loch in das Blätterdach geschnitten war. Als wir unten an der Tür waren, sah ich mich deshalb unter den entfernten Zweigen um, die dort lagen, und entdeckte sogleich diesen einen, recht großen Ast, der amputiert worden war. Zuvor, als ich hier auf dem Sitzplatz saß, hatte ich mir schon das Dachfenster besehen, das durch diese Amputation entstanden war. Da sah ich, wie ich es jetzt ebenfalls tue, daß es wie durch ein Bullauge einen winzigen Blick auf die Oberseite der Ecke des gegenüberliegenden Hauses eröffnet – aber nicht ganz bis hinauf zur Brüstung. Um die Brüstung selbst zu sehen« – Mr. M. ließ sich tiefer in seinen Sitz sinken –, »muß ich, wie Sie sehen, mich klein machen, bis mein Kopf an die Stelle kommt, wo sich noch einen Moment zuvor, als ich aufrecht saß, mein Herz befand!«

Ich sah zu, wie er es demonstrierte, doch Mr. Millum wandte sich wieder ab.

»Und dann kam noch etwas hinzu, eine wirklich hübsche Sache – etwas, das mich Hoffnung schöpfen ließ.« Mr. M. blickte hinüber zu Millum und wiederholte: »Echte Hoffnung! Doch zunächst der Beweis. Nun blieb mir nur noch, nach dem zu suchen, von dem ich einigermaßen sicher war, daß ich es finden würde. Der Auslöser war wiederum unser hochgebildeter Inspektor, der noch einmal demonstrierte, daß selbst die feinste Beobachtungsgabe eines Menschen niemals mit dem Nutzen gleichgesetzt werden darf, den er aus dieser Gabe zieht – daß man die Deutung, die er ihr gibt, von seiner eigentlichen Entdeckung unterscheiden muß. Und dazu kommt noch, daß gerade weil er so gebildet war, seine Deutung abwegiger war als selbst diejenige Janes. Was den Band mit den lateinischen Klassikern anging, waren er und Jane einer Meinung. Der Inspektor war der Überzeugung, daß er der Beweis für seine Selbstmordthese war, und ich war ebenso überzeugt, daß der Fall damit neu aufgerollt wurde, und ich kam zu neuen Überzeugungen und neuer Hoffnung – denn wie ich gleich zeigen werde, wies er mir nicht nur die Richtung, in der ich suchen, sondern gab mir auch den ersten Aufschluß über das Motiv und den Charakter, den ich finden sollte. Deshalb sprach ich auch«, und Mr. M.s Tonfall wurde sanft, »ganz bewußt von ›Hoffnung‹ und deshalb amüsierte es mich nicht nur, sondern ich war glücklich darüber, daß der hochgebildete Inspektor gerade durch seine eigene Klugheit die Fährte verloren hatte. Und hier spielte nun jener Sinn, der Geruchssinn, in einem anderen und wortwörtlichen Sinne eine Rolle.

Mein nächstes Büchlein, ein Begleitband zu dem über Geräuschanalogien, von dem ich vorhin sprach, wird von Geruchsanalogien handeln. Doch diese Sammlung von Synolfaktorien, wenn ich denn dies häßliche Wort prägen muß, steckt noch in den Anfängen. Ich habe jedoch einige Verbindungen zwischen Dingen finden können, bei denen ein gewöhnlicher Mensch auf den ersten Blick, wenn auch nicht beim ersten Schnüffeln, sagen würde, daß es keinerlei Verbindung gibt - zum Beispiel, daß rote Paprikaschoten (ganz ausgezeichnet zu Kalb *à la Milanaise*) beim Kochen genau den gleichen Geruch verbreiten wie der abscheuliche Qualm brennenden Gummis!

Natürlich wird sich jeder, der dieses Gebiet erforschen will, als erstes den Tabak vornehmen. Zunächst einmal muß man die Nase trainieren, so daß sie schon beim ersten Schnüffeln bestimmen kann, welchen Tabak ein Mann raucht oder rauchte. In dem Augenblick, in dem ich das Zimmer dort oben betrat« - Mr. M. wies die Treppe hinauf zum Haus -, »wußte ich, daß wir es hier mit einem Latakia-Raucher zu tun hatten, und ein Latakia-Raucher befindet sich, könnte man sagen, am äußersten Ende der Skala. Ich will damit sagen, daß er, da es sich ja um den stärksten Tabak überhaupt handelt, wohl kaum jemals wieder zu einer schwächeren Sorte zurückkehren wird, ebensowenig wie ein Mann, der einmal begonnen hat zu inhalieren, jemals freiwillig wieder den feinen Geschmack genießen wird, den man bei einem guten Tabak einfach auf der Zunge schmeckt. Und auch in einem anderen Sinne ist Latakia die Endstation eines Weges, denn wie Sie wahrscheinlich wissen, sind viele Sorten davon stark mit Opium getränkt. Der Mann, der zur stärksten unter den kleinasiatischen Tabaksorten greift, ist schon auf mehr als halbem Wege zu dem Rauch, der halb Asien erstickt hat - dem Rauch des Schlafmohns.

Meine Nase verrät mir also, daß der ehemalige Bewohner dieses Hauses rauchte, und daß er nur eine Sorte rauchte. Wenn mir der

Geruchssinn diese Information erst einmal verschafft hat - denn der durchdringende Geruch dieses Tabaks ist, wie die Hausmädchen sagen, schwer herauszubekommen -, kann ich meine Augen auf die Suche nach anderen Spuren schicken, sofern ich das für notwendig erachte, um weiterzukommen. Das ist die Stelle, an der, wie Sie, Mr. Silchester, sich erinnern werden, der Inspektor mit verständlichem Triumph jenes Buch hervorzog, von dem er, anders als Jane, sehr wohl wußte, worum es sich handelte, und das er als Beleg für seine Selbstmordtheorie anführen konnte. Denn er entdeckte den Passus über ein schmerzloses *felo-de-se,* und er fand sie, weil Tabakasche hineingerieselt war - wie es der Fall ist, wenn ein achtloser Raucher oder ein Leser, der von seiner Lektüre gefesselt ist, über einer Passage sitzt und, ohne es zu bemerken, die erkaltete Asche hinunterfallen läßt, die in der Ritze zwischen den Blättern haften bleibt. Die Asche selbst, gerade wenn sie zwischen den Blättern zerrieben ist, hätte mir natürlich keine hinreichenden Aufschlüsse liefern können, so sehr sich auch der Meister aller Meister unseres Faches darauf zu verlassen pflegte. Bei allem Respekt vor der Asche unseres großen Stammvaters habe ich doch, unter uns gesagt, immer meine Zweifel gehabt, ob selbst jemand wie er in der Lage war, so unfehlbar aus der Tabaksasche zu lesen, sie zu deuten und seine Schlußfolgerungen daraus zu ziehen, wie uns berichtet wird. Vielleicht war er medial veranlagt und kam zu diesen Schlüssen als Seher, wobei die Zufallsmuster der Asche lediglich als Stimulans für seine übersinnlichen Einsichten dienten - wie bei den Damen, die aus Kaffeesatz die Zukunft lesen! Vielleicht war es auch der Hauch eines Aromas, das aus der Asche zu seinen außerordentlich feinen Geruchsnerven aufstieg und ihn zu seinen Visionen anstachelte, so wie der Rauch der Lorbeerblätter in Delphi die pythische Sibylle stimulierte!

Doch das sind Spekulationen, die uns in eine beinahe mythische Vorzeit führen. Lassen Sie uns in die profane Gegenwart zurückkehren. Ich fand in der Asche etwas, das mich weiterbrachte. In der Ritze zwischen den Seiten entdeckte ich mit meinem Vergrößerungsglas - das hervorzuholen mir Janes Erzählung reichlich Zeit ließ - nicht nur Asche, sondern winzige Krümel des Tabaks selbst.

Es war Virginiatabak - etwas, das ein Latakia-Raucher niemals anrühren würde. In den Ritzen der ersten Seite fand ich weitere Asche - nicht so viel wie zwischen den späteren Seiten, aber doch mit einem Krümel oder zweien unverbrannten Tabaks, und bei diesem Tabak handelte es sich um Latakia. Mit anderen Worten, als ich diesen Punkt erreicht hatte, konnte ich folgendes mit Sicherheit sagen: daß Sankey die ersten Seiten gelesen hatte, jedoch nicht die Passage über Petus, denn bevor er so weit gekommen war, sank er nieder, das Buch in Händen, das Messer in der Brust; daß zum zweiten jemand, der Virginiatabak rauchte, diese Petus-Passage gelesen und, jawohl, darüber gebrütet hatte, bevor Sankey das Buch bekam; und zum dritten, daß seit dem Vorfall niemand mehr das Buch in Händen gehabt hatte, denn der Inspektor hatte es unter Verschluß genommen, als der hiesige Polizeivorsteher es ihm übergab, der es selbst unter der unberührt gebliebenen Leiche hervorgezogen hatte.

Und während ich, mit einigem Gewinn, wie Sie sehen, das Buch mit meinem Glase studierte, versäumte ich keineswegs, Janes munter sprudelnden Worten zu lauschen. Und wiederum wurde ich durch ihre lebendigen Sinneseindrücke belohnt - schlichte Gemüter haben oft ein photographisches Gedächtnis. In ihrer Beschreibung jenes letzten Tages war ihr wirklich nicht das geringste entgangen. Sie werden sich erinnern, daß sie berichtete, wie sie Mr. Sankey seinen, so nannte sie es, ›Morgentrunk‹ - seine Schokolade brachte, und wie im selben Augenblick der Besucher von gegenüber eintraf und daß er, obwohl er dieses schwere Buch (das sie in einem verständlichen Versehen für die Küche reklamierte) unter dem Arm hatte, ihr die Türen aufhalten konnte, auch wenn er es mit der linken Hand tun mußte. Und ihr fiel auf, daß an dieser linken Hand Daumen und Zeigefinger dick verbunden waren. Natürlich verschaffte ich mir bei der ersten Gelegenheit - genauer gesagt am heutigen Tag - einen Eindruck von diesem Daumen und diesem Finger, indem ich ihren Besitzer dazu brachte, sie mir zu zeigen, als Sie mir nämlich meine Zigarette entzündeten. Ich konnte nicht das geringste Anzeichen einer Verletzung entdecken. Doch wenn diese Finger an jenem schicksalhaften Vormittag rasch und unbemerkt ein Papiermesser aufnehmen wollten, auf dem unter keinen Umständen ihre Abdrücke zu sehen sein durften, dann war es eine kluge und naheliegende Vorsichtsmaßnahme, sie zu bandagieren, nicht wahr?«

Während dieser Erläuterungen war Millum, der auf dem Boden saß, noch weiter in sich zusammengesunken. Mr. M. wandte sich um und legte ihm die Hand auf die gebeugten Schultern.

»Bitte«, sagte er, »nehmen Sie diesen Teil der Geschichte nicht so tragisch. Wenn wir zur Frage des Motivs zurückkehren, dann ist wieder Zeit für finstere Mienen. Und da haben wir, wie ich Mr. Silchester beweisen werde, einen Punkt, der sehr zu Ihren Gunsten spricht. Um nun aber zu den Mitteln zurückzukehren: Ich für meinen Teil finde, sie sind elegant. Einige würden vielleicht sagen, daß es eine so raffiniert gelegte falsche Fährte war, so ausgeklügelt, einen Spürhund von der Spur abzubringen, daß niemand sie jemals bemerkt hätte. Aber sehen Sie, sie war ja nur deswegen so gelungen und so erfolgreich, weil die höheren Chargen der Polizei heutzutage so intelligent, ja sogar gelehrt sind. Sie bekräftigt den alten Ratschlag: es zahlt sich aus, niemals ein Publikum herablassend zu behandeln, niemals einen Gegner zu verachten, niemals die Polizei zu unterschätzen.

Und nun verstehen Sie, Mr. Silchester«, sagte Mr. M., denn er hatte sich nun, da sein Versuch Millums Interesse an den Mitteln und der Mycroftschen Art ihrer Darlegung wachzuhalten, den Patienten nicht hatte aufrütteln können, mir zugewandt, »nun verstehen Sie, Mr. Silchester, warum ich Ihnen, nachdem der Inspektor den Fall für abgeschlossen erklärt hatte, vorschlug, noch einen Blick auf das Nachbarhaus zu werfen. Wir mußten den Schwerpunkt unserer Ermittlungen verlagern. Das Hauptinteresse lag nun nicht mehr hier in diesem Garten: hier hatte sich nur das Ende zugetragen. Der Anfang jener Bahn, die wir nachzuzeichnen hatten, lag, dessen war ich sicher, auf der anderen Seite der Mauer – dort, von wo das Buch gekommen war.

Das Indiz, das ich hatte, war ja wie ein justiertes Visier. Ja, es war nicht nur *wie* ein solches, sondern es war, wie sich erweisen sollte, tatsächlich eine Visierlinie, die mir die Richtung wies, die ich zurückverfolgen mußte, um an den Ursprung des Geheimnisses zu gelangen. Sie wies nicht nur zum Haus auf der anderen Straßenseite – sie wies mir sogar genau die Stelle an jenem Haus. Also besuchten wir Mrs. Sprigg, und Sie werden sich erinnern, daß ich um Erlaubnis bat, unsere Blicke ›ins Erdenrund zu schicken‹, und jenes Zitat und die Tatsache, daß ich mich an ihrer heimischen Landschaft erfreuen wollte, sorgten dafür, daß sie uns unsere Aussicht vom Pisga mit Freuden gewährte. Und Sie haben sie genossen.«

»Im Gegensatz zu Ihnen!« warf ich ein.

»So warten Sie noch«, sagte Mr. M., »noch sind wir erst auf dem Weg hinauf.«

»Das«, begriff ich nun, »war wohl der Grund, daß Sie, als Sie erst einmal oben waren, der Landschaft nicht ganz so viel Interesse entgegenbrachten, wie Sie zuvor bekundet hatten. Ja, ich weiß noch, als wir die letzte Etappe erklommen und Mrs. Spriggs Kräfte erlahmt waren, so daß sie uns allein weitergehen ließ – daß Sie, als Sie die Spitze der letzten, leiterartigen Treppe erreichten und eben die kleine verglaste Tür aufdrücken wollten, die auf die Bleiplatten hinausführt, innehalten und um Atem ringen mußten. Allerdings war, wie ich zugeben muß, die Luft dort oben auch stickig wie ein Betäubungsmittel.«

»Gutes Gedächtnis und solide Beobachtung, wohingegen die Deduktion, wie ich zu meiner Freude sagen kann, so falsch ist, wie ich gehofft hatte!«

Nach diesem kleinen Schlenker, den ich durchgehen ließ und im Interesse dessen, worauf er hinauswollte, ignorierte, fuhr er sogleich fort: »Als ich innehielt, in der Hoffnung, daß Sie und Mrs. Sprigg – für den Fall, daß sie uns noch immer nachsah – glaubten, ich müsse Atem schöpfen, betrachtete ich die kleine Tür. Sie werden sich erinnern, daß es eine zweiflüglige Tür war, die sich in der Mitte öffnete, und daß Mrs. Sprigg gesagt hatte, niemand sei dort oben gewesen seit den Dachdeckern, Monate zuvor. Doch ich erblickte sogleich den eindeutigen Beweis, daß – ja beinahe das genaue Datum, zu dem – jemand kurz vor uns dort gewesen war!

Spinnweben! Wir vom Detektivgeschäft erzählen immer vom Spinnennetz und dergleichen Dingen. Aber warum hat bis heute niemand erkannt, welch einen faszinierenden Spurenleger wir hier haben - ja, sogar einen faszinierenden Kollegen!«

Auf diese Rhapsodie hin erkundigte ich mich mit mehr als nur einem Lächeln: »Meister, spinnt Ihr lediglich eine Geschichte aus, oder seid Ihr auf einer Spur?«

»Warten Sie noch, bitte,« entgegnete er, »denn jemand hat tatsächlich genau das Buch verfaßt, von dem ich mir jahrelang gewünscht habe, ich hätte Zeit und Geschick, es zu schreiben. Sechs Jahre lang hat Dr. André Tilquin *La Toile Géometrique des Araignées* beobachtet und Aufzeichnungen darüber verfaßt. Er stellte ihnen zwei Zimmer seines Hauses zur Verfügung, damit sie ihm zeigen konnten, wie sie ihre Gazefallen, ihre Trapeze und Hängemattenhäuser bauen. Und nach und nach, indem er diese winzigen Linien studierte, erschloß sich ihm aus diesen hauchzarten, doch streng geometrischen Mustern der Schatten jenes merkwürdigen Verstandes, der diese Spuren hinterließ. Natürlich ist das Repertoire von Spinnen begrenzt. Aber *was* sie tun können, funktioniert wie ein Uhrwerk. Das war einer der interessantesten Schlüsse, auf die *le grand* Tilquin kam. Er entdeckte, daß, wenn Sie die richtige Art von Spinne in eine Ecke mit den für ihr ›geometrisches Gefühl‹ richtigen Proportionen setzten, diese unverzüglich - oder doch zumindest sobald sie über den Schock hinweg ist, daß Sie ihr dabei zusehen -, Ihnen ein Netz spinnen muß, mit einer solchen Geschwindigkeit, Sicherheit und Festigkeit, als hätten Sie es so bestellt. Nein, leider bin ich nicht selbst darauf gekommen. Erst ein Verbrechen machte mich darauf aufmerksam. Ein französischer Krimineller, der aus der alten Geschichte darüber, wie eine Protestantenfamilie ihren Verfolgern entkam, indem die Vorsehung eine Spinne ein Netz über die Tür weben ließ, durch die sie erst vor kurzem geschlüpft waren, lernte, daß er auf diese Weise seine Spuren vor jedem flüchtigen Blick der Polizei verbergen konnte.

Jawohl, man kann eine ganze Menge mit Insekten machen. Sie kennen keine Mattigkeit, keine Stimmungen. Im Grunde lenkt man eine Maschine, wenn man die genauen Bedingungen kennt, die ihre elektromagnetischen Schalter in Bewegung setzen. Aber ich kann sagen, daß mir, sobald meine Gedanken auf diese Spur gekommen waren, klar war, daß ich das echte, natürliche Spinnennetz studieren mußte, und ich habe - zumindest auf meiner Seite des Spiels von Verbrecher und Detektiv - etwas Nützlicheres daraus gelernt als einfach nur die Möglichkeit, mich zu verstecken. Fäden werden schließlich schon seit langem benutzt, um zu beweisen, daß jemand einen bestimmten Weg genommen hat. Ein Spinnennetz ist in diesem Falle mit Abstand das Beste. Es ist ja offensichtlich, wie nützlich es ist, wenn man sie dazu bringen kann, Lücken zu überspinnen, die man auf diese Weise markiert haben will.

Aber sie verraten einem nicht nur, *ob* jemand vorbeigegangen ist. Ich habe entdeckt, daß sie einem - innerhalb einer gewissen Zeitspanne - auch verraten, wie lange es her ist, daß der Betreffende vorüberkam. Sie bemerken die Spur des Eindringlings und markieren sie, wie leichtfüßig und sanftfingrig er auch sein mag. Der ordentlichste Fassadenkletterer, der seinen Einbruch so behutsam und so sehr nach Gentlemanart begeht, daß er niemals ohne Handschuhe käme, kann nicht verhindern, daß er ein Spinnennetz zerreißt, und er wird es nicht bemerken, wenn es geschieht. Das Netz hat auf jedem seiner Querfäden - nicht auf den Radialen, nur auf den Lateralen - jene klebrigen Flecken, mit denen die Fliegen gefangen werden. Ich entdeckte, daß sich, wenn das Netz zerrissen wird und die Quer- und Längsfäden aneinandergeraten, das ganze Netz binnen kurzem zersetzt, vielleicht weil der Klebstoff eine starke Säure enthält (das weiß ich nicht genau). Und ich bin mir ziemlich sicher, daß ich auf der Grundlage dieser Arbeiten durch das Studium eines zerrissenen Netzes auf einen Tag oder zwei genau bestimmen kann, wann es zerrissen wurde.

Ich stellte also fest, daß einige Tage vor uns jemand ebenfalls dort hinaufgegangen war, und zwar jemand, der es tat, ohne daß die Haushälterin etwas davon wußte. Dann konnte ich wieder Atem holen, und wir konnten uns daranmachen, den Blick in die Ferne schweifen zu lassen. Doch wiederum waren Sie ein wenig enttäuscht von mir, denn ich verbrachte die meiste Zeit mit dem, was nach Ihren Begriffen die weniger attraktive Aussicht war. Das traf für jeden zu, der auf andächtiges Betrachten aus war; doch mir ging es ja darum, zu ergründen, was geschehen war. Also finden Sie mich ein zweites Mal innehaltend auf den Knien. Doch glauben Sie mir, während ich so dort kniete und, wie ich Ihnen ehrlich sagte, nachdachte, studierte ich auch die Aussicht, die alles andere in die rechte Perspektive rückte. Denn nun konnte ich von der breiten Regenrinne, die hinter der Brüstung verläuft, hinunter in den hiesigen Garten spähen, in der exakten Gegenrichtung des Blickes, den wir von hier unten hinaufwerfen können.«

Mr. M. wies auf die Lücke im Laubendach.

»Ich blickte durch diese Lücke, und selbst wenn ich nicht gewußt hätte, wonach ich Ausschau halten mußte, wäre mein Auge direkt zu diesem Sitzplatz geführt worden – ich hätte ihn ins Visier genommen.«

»Aber, lieber Meister«, unterbrach ich ihn, »Sie vergessen, daß auch ich nach hier hinunterblickte und daß mir nichts Besonderes auffiel. Ja, ich bezweifle, daß man dieses Loch von dort oben überhaupt erkennen kann; denn der Sitzplatz, von dem Sie sagen, Sie hätten ihn von oben gesehen, ist ja seinerseits grüngescheckt. Ehrlich gesagt, ich glaube nicht, daß man ihn von dort oben eindeutig ausmachen könnte.«

»Und wieder haben Sie recht«, gestand er großzügig ein; doch dann fügte er hinzu: »Wenn der Platz leer wäre, könnte man ihn kaum erkennen. Doch wenn sich etwas Weißes darauf befände, sagen wir: ein weißer Seidenanzug, dann wäre es so eindeutig wie der weiße Mittelpunkt auf einer dunkelgrünen Zielscheibe – eine ausgezeichnete Markierung.«

»Was Sie im Grunde sagen wollen«, entgegnete ich nicht ohne Heftigkeit, »ist doch, daß jemand hinauf zu jener Stelle des Daches gegangen ist, sich dort niederkniete und das Papiermesser mit einer solchen Wucht und Zielsicherheit warf, daß es dort unten genau ins Ziel traf – mitten in das Herz unter dem Seidenanzug! Doch nicht einmal der fähigste Messerwerfer mit einer perfekten Waffe würde auch nur erwägen, so etwas zu versuchen. Ich habe die Geschicklichkeit solcher Künstler auf Jahrmärkten gesehen. Es sind Könner, aber so etwas selbst bei dem Größten von ihnen für möglich zu halten, heißt nun wirklich den Bogen überspannen.«

»Und ›Bogen‹ ist genau das Wort, das wir brauchen«, entgegnete er.

Doch auch jetzt hatte ich die Antwort parat. »Natürlich, nur ein Bogen könnte so etwas leisten, doch auch hier kenne ich mich leider aus, und meine Kenntnisse bestätigen Ihre cleveren Theorien nicht. Früher gehörte ich einmal einem Bogenschützen-Club an. Der Langbogen, der Stolz Englands, hat, das wissen Sie vielleicht nicht, eine Renaissance erfahren. Er ist nicht nur eine sehr elegante Waffe, sondern auch eine überaus kraftvolle. Ich habe es nie zu großer Meisterschaft gebracht, doch ich kannte Männer, die das Bogenschießen zur Kunst entwickelten und denen der Schuß, auf den Sie anspielen, zweifellos gelungen wäre. Doch ganz und gar nicht auf die Art, wie Sie es sich vorstellen. Und auch nicht mit der Waffe, die Sie vor Augen haben. Um einen Langbogen abzuschießen, muß man die richtige Haltung einnehmen.« Ich stellte mich in Positur, um es ihm zu zeigen. »Sehen Sie: der ganze Körper muß sich von der Hüfte bis zu den Schultern mitdrehen, wenn der Bogen gespannt und der Pfeil abgeschossen wird. Sie müssen also nicht nur aufrecht stehen und Bewegungsfreiheit haben, sondern für einen Bogen mit der erforderlichen Stärke und Spannweite - sagen wir fünf Fuß Länge (und das wäre das mindeste, was erforderlich gewesen wäre, mit ein paar hundert Pfund Zugkaft) - brauchen Sie auch den Ellenpfeil, der beinahe ebenso lang ist. Dieses erbärmliche Papiermesser, diese Nadel - na, der beste Bogenschütze der Welt könnte das nicht weiter als ein-zwei Ellen schießen, und selbst da könnte er nicht sicher sein, daß er tatsächlich das träfe, worauf er zielt.«

Dieser prachtvolle Gegenschlag wurde aufgefangen mit einem unnachgiebigen: »Wiederum richtig, soweit es Ihrem Wissensstand entspricht.«

Und dann, mit dem Anflug eines Lächelns: »Doch Engländer und Athlet, der Sie sind, haben Sie gewiß aus den Augen verloren, daß der Bogen keine rein britische Domäne ist. Die Menschen haben sich über die Probleme seiner Ballistik weiterhin Gedanken gemacht, lange nachdem der Langbogen aus der Mode gekommen war. Jawohl, es gab eine kontinuierliche Weiterentwicklung, die am Ende vom Bogen zur Arkebuse führte - ja, selbst das Wort entstammt derselben Wurzel.

Die Soldaten wünschten sich schon immer eine wissenschaftlichere, weniger künstlerische Waffe - eine, die genaues Zielen ermöglichte, eine eindeutige Visierlinie, nicht einfach nur einen Schuß ins Blaue, und sie wollten mehr Durchschlagskraft. Sie schöpften die Elastizität des Holzes bis ins letzte aus und gingen dann zu Stahl über. Doch da stießen sie auf ein Hindernis, die Grenzen der menschlichen Muskelkraft. Sie werden sich an den Bogen des Ulysses (wenn wir den Namen Odysseus für den Augenblick meiden wollen) erinnern, den keiner der Freier spannen konnte? Das war ein Schritt auf dem Wege zum kompakten Stahlbogen. Wir wissen, daß es sich nicht um einen Langbogen handelte. Seine große Stärke verdankte er der Tatsache, daß er nicht aus Holz bestand, sondern aus den Hörnern einer bestimmten wilden Ziegenart. Doch selbst Ulysses hätte einen stählernen Bogen nicht spannen können. Also verwendete man einen Zahnradmechanismus, um die Sehne zu spannen, und dazu brauchte man Schaft und Lauf, auf denen der Bogen befestigt und gespannt werden konnte. Dann wurde in diesen Schaft eine Rille gekerbt, in der der Pfeil liegen konnte.

Es braucht Sie nicht zu überraschen, daß Sie die Schlagkraft einer solchen Waffe nicht abschätzen konnten. Unser frühester Blaustrumpf, die byzantinische Prinzessin und Schriftstellerin Anna Komnena, schreibt über diese Erfindung: ›Es ist eine barbarische Waffe, den Hellenen vollkommen unbekannt› und ›Mit der Klugheit seiner Konstruktion, seiner großen Reichweite, der Tödlichkeit seiner Wirkung ein wahrhaft teuflischer Apparat!‹

Die Erfinder dieser Proto-Flinte - wenn ich sie so nennen darf - erkannten, daß sie dafür den umständlichen langen Pfeil, der einen ganzen Köcher füllte, nun nicht mehr brauchten. Ja, diese neue Waffe verlangte nach etwas, das weit mehr einer Kugel ähnelte. Diese letzte Variante des Pfeils wurde meist Bolzen genannt, und solche Bolzen flogen so schnell, daß sie wie ein Blitz aus heiterem Himmel kamen. Was ihre Form angeht, so sahen sie fast genau aus wie dies hier.« Mr. M. hielt das Papiermesser in die Höhe. »Dieses Ding, das wie ein Blitz aus heiterem Himmel sein Opfer in der Laube traf.

Nun werden Sie verstehen, wie, als ich das Messer in Händen hielt, mein Verstand sich diesem Schlüssel öffnete, so daß ich nun den Weg vor mir sah, das zweite Schloß zu finden, zu dem am Ende ebenfalls dieser Schlüssel passen sollte! Und vergessen Sie nicht, daß jener Blitzschlag, der die Tür aufstieß, mir nicht nur eine, sondern eine ganze Reihe von Aufschlüssen gab. Hier nur drei davon: Zunächst die Riefen, die dazu da waren, das Messer im Flug zu stabilisieren - ich sah nun, wie leicht und schnell man sie unmittelbar vor dem Schuß am Heft anbringen konnte; zum zweiten die Gewichtung im Vorderende, die es brauchte, um in gerader Linie zu fliegen; und schließlich die Kerbe am Hinterende und das Harz, das ich in dieser Kerbe gefunden hatte! Denn wozu verwendet man bis zum heutigen Tage Harz vor allen Dingen? Um Strängen, die unter sehr großer Spannung stehen, ihre Elastizität zu erhalten, so daß sie nicht brüchig werden und zerreißen. Sie wissen ja, daß die Saiten einer Violine mit Harz behandelt werden, und die Sehnen eines Bogens werden regelmäßig damit eingerieben. Es war also praktisch unmöglich für mich, nicht zu dem Schluß zu kommen, daß dieser Bolzen mit einer Armbrust geschossen worden war.

Um nun die Bedingungen zu studieren und die Frage zu klären, ob die Reichweite einer solchen Waffe ausgereicht hätte, um die Entfernung zwischen den beiden Häusern zu überbrücken, duckte ich mich hinter die Brustung des gegenüberliegenden Hauses, an der Ecke, die einen Blick hinunter auf diesen Flecken des Gartens ermöglicht. Da erkannte ich, was für eine perfekte Deckung und welch perfekte Auflage für die Waffe und nicht zuletzt welch perfekter Punkt zum Zielen sich da bot. Alles ergab sich wie von selbst. Es war etwas an dieser ganzen Sache, das mich auf eine unheimliche Weise an den alten Volksglauben von der Waffe erinnerte, die jeden, der sie anrührt, dazu bringt, den Racheakt auszuführen, zu dem ein längst begrabener Zauberer sie einst bestimmt hat.«

Er schwieg einen Moment lang, und Millum schien ganz und gar nicht geneigt, dies zu kommentieren. Mir mit meinem praktischen Verstand hingegen, der eher darauf bedacht ist, die Dinge in das klare Licht der Fakten zu rücken als abstrusen mythischen Reminiszenzen nachzuhängen, fiel etwas auf.

»Meister«, sagte ich, um ihn mit dieser scherzhaften Höflichkeitsformel aus der Reserve zu locken, »Ihr schildert es, als sei die Armbrust beinahe von selbst losgegangen - genau wie Jane, wäre es denkbar, daß sie ein Geschirrstück zerbräche, Zuflucht zu der unsterblichen Rechtfertigung ihres Standes nehmen würde: ›Wirklich, Sir, es ist einfach so auseinandergefallen.‹ Doch diese Armbrust, die wir niemals zu Gesicht bekommen werden und bei der wir uns, was ihre tatsächliche Beschaffenheit angeht, ganz auf Eure unvergleichliche Fähigkeit zur Rekonstruktion und Euer historisches Einfühlungsvermögen verlassen müssen, Meister - sollen wir denn wirklich glauben, daß eine solche Antiquität über Jahrhunderte hinweg auf so entsetzliche Weise funktionsfähig bleiben sollte? Sie mag sehr wohl die Stube eines Barons geschmückt haben, aber ich möchte bezweifeln, daß sie in den letzten Jahrhunderten auch nur eine Lehmkugel abgefeuert hat, um damit einem Erzbischof die Mitra vom Kopf zu schießen! Und ich glaube nicht, daß einer von ... von uns« (ich fand, das war eine höfliche und rücksichtsvolle Art, Millum mit einzuschließen), »einer von uns so ein, man kann fast sagen, Gewehr zu ... nun, es von einem antiken Zierstück in eine tödliche Waffe hätte verwandeln können.«

»Da haben Sie recht. In zwei Punkten haben Sie recht«, gestand er ein und blickte mich an, den Kopf fragend zur Seite geneigt - wie er es gern tut, um seine Überraschung über jemandes Scharfsinn zu verbergen. »Doch Sie übersehen den dritten Punkt.«

Nachdem er sich solcherart wieder in den Sattel der Überlegenheit geschwungen hatte, fuhr er fort: »Der eigentliche Mechanismus war mit Sicherheit erst im neunzehnten Jahrhundert, vielleicht sogar noch später, gründlich überholt worden. Das war es - wir haben gehört, wie der Händler auf der Auktion, auf der sie zuletzt erworben wurde, darauf hinwies –, was die Waffe für ein Museum oder einen echten Antiquitätensammler wertlos machte. Sie studieren jene Epoche – das letzte Jahrhundert – natürlich nicht allzu gründlich, denn für Sie besitzt sie weder den Zauber des Antiken noch die Aktualität unserer Zeit. Sie liegt in jenem finsteren Tale, das man das Altmodische nennt. Doch für mich wird sie immer die Heimat meiner ersten Erinnerungen sein. Und wenn ich in jener höchst akkuraten und oft amüsanten Sittengeschichte, den Bänden des Londoner Charivari *Punch* blättere, mit dem wir uns vor der Ära des Kinos nicht ohne Gewinn die Abende zu vertreiben pflegten, dann sehe ich, daß dieses Blatt zu den Zeiten, als es noch beinahe radikal war, eine Karikatur brachte, in der die junge Königin Viktoria dafür getadelt wurde, daß sie und ihre Damen von einer Art Konzertpavillon aus auf Wild geschossen hätten, das vorbeigetrieben wurde. Und da sie, wie Sie uns dargelegt haben, ja niemals den Langbogen hätten spannen können und die Jagdwaffen jener Zeit so viel Rückschlag hatten und so viel Lärm machten, daß den Damen schwarz vor Augen geworden wäre und ihre ›lilienweißen Schultern‹ Schaden genommen hätten, zeigt die Illustration die Damen von königlichem und adligem Geblüte bewaffnet mit einer lautlosen und doch tödlichen Waffe, der Armbrust.

Sie sehen also, mit einer so präzisen und kraftvollen Waffe von einer solch hohen, so abgeschirmten Warte auf das ... Wild zu schießen, wie Jäger es von getarnten Schießständen im Dschungel tun – nun, der Ausgang war so gewiß, daß es, wie man zu sagen pflegt, ein Kinderspiel war. Man mußte nur dort oben Position beziehen, über Schaft und Lauf der Waffe hinweg das Zielloch, das in das Laubendach geschnitten war, anvisieren, warten, bis die weiße Jacke sich zeigte und einem genau die Stelle wies, an der das Herz lag (und, so möchte ich hinzufügen, das Gesicht des Mannes, der ... exekutiert werden sollte, blieb ja gnädigerweise verborgen); dann brauchte man nur noch zu sagen: ›Es schmerzt nicht, Petus‹ und den Abzug zu betätigen. So schickt man das Papiermesser seinem Eigentümer zurück, von dem man es sich geborgt hat, als man den Sueton auf seinen Beistelltisch legte, während er am zweiten Tisch mit seiner Schokolade beschäftigt war, mit dem Getränk, das sein Viatikum werden sollte.«

»Aber« - wiederum bestand ich, der ich auf Fakten aus war, auf vollständiger Information - »aber was Sie beschrieben haben, war eine Waffe von ungeheurer Kraft, mit einer monströsen Stahlfeder; Sie haben gesagt, sie ließ sich nicht von Hand spannen. Sie sind uns noch die Erklärung schuldig, wie der ... Täter sie lud.«

»Dies hier«, antwortete er und nahm den Drahtspanner der Dachdecker auf, »dies war der letzte Beweis. Das ist genau die Art von Hebel, mit der solch kleinere Armbrüste gespannt wurden - die größeren hatten eine Winde. Alles was ich nun noch finden mußte, war die Armbrust selbst. Natürlich hatte derjenige, der damit schoß, sie auf der Stelle vernichtet. Ja, die Eile, mit der er das verräterische Indiz beseitigte, war so groß, daß er nicht daran dachte, den Spanner ebenfalls verschwinden zu lassen - obwohl dieser bei niemandem Verdacht hätte erregen sollen, denn es war ja bekannt, wozu er diente und wie er auf das Dach gekommen war. Es war kein großes Risiko, ihn dort oben zu lassen. Wir statteten also dem Garten einen Besuch ab, und natürlich war von der Armbrust nichts mehr übriggeblieben außer der Feder. Doch die war so rußgeschwärzt und hatte im Feuer so sehr ihre Spannung verloren, daß auch bei ihr, sollte sie gefunden werden, niemand Verdacht geschöpft hätte. Jeder, der der Sache nachgegangen wäre, hätte Ihnen mit Ihrer Theorie, daß es sich um die Blattfeder eines alten Rollstuhls handelt, beigepflichtet. Niemand hätte einen anderen Schluß gezogen - solange nicht die Summe der anderen Indizien ihre tatsächliche Herkunft verriet.«

Mr. M. schwieg, und es folgte die längste Pause, die wir bisher hatten erdulden müssen. Die Schatten im Garten wurden allmählich länger. Es wurde kalt, und ich spürte, wie eine ganze Gänseschar die Haut meines Rückens hinunterlief.

Nach einer Weile wandte Mr. M. sich an mich: »Noch eine letzte Kleinigkeit, auf die ich hinweisen will. Nun, wo ich Ihnen den Müllofen wieder ins Gedächtnis gerufen habe, von dem Sie sich, wie ich weiß, angewidert abwandten, erinnern Sie sich da an die leeren *Gold Flake*-Zigarettenschachteln, die rund um den Schacht des Ofens lagen?«

»Das« - endlich sprach Millum wieder - »das war der letzte goldene Nagel zu meinem Sarg!«

»Nein«, entgegnete Mr. M., »nein, Ihren Sarg würde ich es nicht nennen. Sagen wir: Ihr Gehäuse. Das brach Ihre Schale auf, aus der Sie sich nun befreien müssen - denn die Chance dazu will ich Ihnen geben. Jedenfalls können wir nun zu dem zurückkehren, was das eigentlich Interessante an den Taten der Menschen ist - nicht die Mittel, sondern die Motive - die Motive, ohne die wir oft nicht einmal den Mitteln auf die Spur kommen. Ich verstehe schon, welch unerhörte Gelegenheit - das, was wir einen merkwürdigen Zufall nennen - dies für Sie war. ›O Gelegenheit, deine Schuld ist groß!‹

Doch was ich darüberhinaus erkenne, ist, daß Sie standhielten, Sie rührten sich nicht von der Stelle, bis zu der Gelegenheit sich deren großer und geheimnisvoller Verbündeter, die Rechtfertigung gesellte. Es war die Andeutung, die Verlockung, daß er letzten Endes den Stoß nicht wirklich spüren würde, daß das Ende nicht zwangsläufig schmerzhaft sein müsse - das war es, nicht wahr, was Ihnen plötzlich den Entschluß eingab, es zu versuchen, das war der Abzug, der Sie zu Ihrer Tat katapultierte. Erinnern Sie sich, daß ich vor einer Weile sagte, wir hätten einen Punkt erreicht, der mir Anlaß zur Hoffnung gebe? Das war der Punkt, an dem ich zweierlei Grund zu entdecken glaubte (und nun bin ich mir dessen sicher), zweierlei Motiv, das sich aus der Petus-Passage ergab, die ihren ersten Zweck erfüllt hatte, als sie Sie aufstachelte und zur Tat bereit machte. Natürlich mußten Sie unbedingt Indizien, seien sie auch noch so klein, ausstreuen, um die scharfsinnige Polizei darauf zu bringen, daß tatsächlich in jenem Augenblick eine Provokation zu einem spontanen Selbstmord bestanden hatte - in dem Augenblick, in dem Sankey in Schußweite saß. Aber ich war und bin auch der Überzeugung, daß der Schütze eine Hoffnung hatte, einen Wunschtraum, nicht nur die Polizei und sich selbst, sondern auch Sankey zu überzeugen, daß der Tod durch einen Stich ins Herz ein schmerzloser Tod sei. Verschwommen, sagen Sie?

Gewiß. Darin besteht das echte Geheimnis eines Mordes - Verschwommenheit der Motive. Da war der Wunsch, aus einer unerträglichen Situation herauszukommen, und untrennbar damit verbunden, wie unsere Motive es immer sind, wenn wir unter Druck stehen, der Wunsch zu glauben, daß in Wirklichkeit niemandem ein Leid zugefügt würde - ja, daß man dem Hindernis selbst noch einen Gefallen tut, indem man es über die Klippe stößt und aus dem Wege räumt. Verschwommen, jawohl. Natürlich war es denkbar, daß Sankey in seiner Lektüre niemals bis an jene Stelle vordringen würde - Sie wären vielleicht nicht in der Lage, ihm die Zeit dazu zu lassen, und tatsächlich waren Sie es ja auch nicht. Außerdem hatte man ihm seine einzige denkbare Waffe entwendet. Petus bekommt ja nicht nur gesagt, daß das Erstochenwerden schmerzlos ist, er soll tatsächlich erstochen werden. Um ihm weitere Mühen der Entscheidung abzunehmen, will man ihn entleiben. Genau das ist es, ganz genau! Verstehen Sie nicht, das Ganze ist ein Musterbeispiel für die Psychologie der Verwirrung, Mörder und Mordopfer in unentwirrbarer Verstrickung.«

Wieder wandte er sich an Millum. »Sie wollten also zu dem greifen, was man in China den ›glücklichen Abschied‹ nennt. Und Sie wollten es auf eine Art tun, so einfach, so leise, daß selbst Shakespeare sich nur darüber wundern kann, daß etwas so Wertvolles, zu so viel Empfindung Begabtes wie die menschliche Seele aus ihrem Gefängnis mit etwas so Geringem befreit werden kann wie dem, was auch Sie verwendeten, ›einer Nadel bloß‹. Und, sehen Sie, die Nadel mit ihrem langen, schmalen Griff und der kurzen lanzettartigen Klinge gemahnt doch an jenen Dolch, der im Mittelalter ein Misericordium genannt wurde, ein Instrument der Gnade, mit dem man jenen aus dem Leben entließ, der seine Ehre, den Kampf verloren hatte und nun nur noch leiden konnte.

Nun, es ist ein Jammer, daß Sie, bevor Sie ein solches Risiko eingingen und jenen seltsamen, unbefriedigenden Erfolg errangen, nicht zu mir kamen. Ich denke mir, zusammen hätten wir eine Lösung gefunden. Nicht daß ich glaube, daß wir viel für Sankey hätten tun können. Soweit ich sehe, war das ein Fall, bei dem sich ein höherer Richter der Probleme annehmen mußte - es gibt Komplexe, die sich jeglicher Reduktion, dic uns in diesem Leben möglich wäre, widersetzen. Doch was Sie angeht, so kann ich sagen, daß es zwar spät, aber nicht zu spät ist. Daß Ihnen diese zweite Chance zuteil geworden ist - wenn man bedenkt, welche Risiken Sie eingegangen sind und daß Sie mit Inspektor Sark einen der besten Detektive Englands zum Gegner hatten -, zeigt für meine Begriffe, daß es Ihnen bestimmt war weiterzumachen, bis Sie dieses Problem lösen. Ich bin kein Gefühlsmensch. Ich glaube an Gerechtigkeit und bin nur dann anderer Meinung als die Justiz, wenn diese ihrem starren Schema dessen, was sie für Konsequenz hält, folgt. So muß ich, der ich für Gerechtigkeit stehe, denn nun handeln!«

Ich schaute verblüfft auf. »Was! Wollen Sie am Ende doch noch die Polizei verständigen?«

Millum sagte nur: »Ich bin bereit. Der Fall ist mir, wie Sie sehen, aus den Händen genommen.«

Dann sagte Mr. Mycroft bedächtig: »Ich nehme Sie fest.«

Und fügte, als ob er es präzisieren wolle, hinzu: »Ich sollte besser sagen, ich habe Sie festgenommen. Denn das ist es ja, worauf es bei einer Festnahme ankommt - es geht nicht darum, Menschen abzuurteilen, sondern dies einer höheren Autorität zu überlassen. Es geht darum, sie im Namen jener Autorität aufzufordern innezuhalten, zu warten, ihr Haus zu bestellen und die Zukunft zu erwägen. Und in diesem Sinne habe ich Sie festgenommen. Sie sind zum Halten gekommen, und ich wüßte nicht, wie Sie in der Position, in der Sie jetzt sind, noch irgend etwas tun könnten. Sie sitzen fest. Dem noch Ihren physischen Tod hinzuzufügen, würde nichts verbessern. Wie das Sprichwort sagt, Schwarz und Schwarz gibt noch lange kein Weiß, doch die Justiz, die so stolz auf ihre weisen Urteile und modernen Verfahren ist, hat davon wohl noch nie etwas gehört. Da ich Sie soweit in die Enge getrieben habe und sehe, daß Sie nichts tun können, um herauszukommen, da man Sie aber auch nicht lassen kann, wo Sie sind, muß ich etwas unternehmen. Ich sehe keinen anderen Ausweg (glauben Sie mir, ich hätte ihn sonst gewählt) als den, den wir gemeinsam gehen. Ich muß und will mich Ihrer annehmen.«

Mit einem Ruck wandte er sich an mich und sagte: »Mr. Silchester, seien Sie so freundlich und sprechen Sie mit Jane. Ich werde dieses Haus nun doch mieten müssen, wenn es auch nur einigermaßen passend ist, denn ich werde von den Entwicklungen des Falles für den Sommer hier festgehalten. Sie können viel besser beurteilen als ich, ob das Haus für uns das richtige ist. Würden Sie sich also noch einmal umsehen? Und wenn Sie zu dem Schluß kommen, daß Sie ebenfalls den Sommer hier mit mir verbringen wollen, dann werde ich, so glaube ich, dieses Bündnis ebenso nützlich finden, wie ich das in der Vergangenheit getan habe - so unerwartet unsere Beiträge zu den Interessen des anderen auch zu sein pflegen.«

Und mit diesem sauren Tropfen, den er in die letzte Wendung seines Komplimentes noch hatte einfließen lassen - wie Bienen ihrem Honig Ameisensäure beigeben -, wurde ich fortgeschickt wie ein Schuljunge, während die beiden Erwachsenen sich unterhielten. Doch auch wenn es mir anfangs schien, daß man mich nur habe loswerden wollen, muß ich doch sagen, daß es mir, als ich Jane aufgespürt hatte, einiges Vergnügen bereitete, Mr. M. in ihrer Gunst auszustechen. Sie war weitaus unterhaltsamer, als ich erwartet hatte, und erwies sich als durchaus gewitzt. Mehrmals brach sie über meine Plaudereien in schallendes Gelächter aus und mußte zugeben, daß sie sich ›wirklich ganz vergessen‹ hätte. So kam es, daß, bis wir jeden Winkel des Hauses besichtigt hatten - und es war sehenswert, denn jeder Teil war aufs erlesenste möbliert und ebenso perfekt gepflegt -, die Dämmerung zusehends hereinbrach, und Forscher und Führerin Freundschaft geschlossen hatten.

Als ich zurückging, befürchtete ich, Mr. M. fände vielleicht, daß ich zu lange geblieben sei, doch als ich hinaus in den Garten kam, der nun im Mondlicht weit eher romantisch denn sinister wirkte, sah ich, daß die beiden M.s auf- und abwandelten wie zwei alte Freunde, die sich nach langer Trennung eben wiedergefunden hatten. Sie gingen tatsächlich Arm in Arm, eine Freiheit, die Mr. M. sich gegenüber mir niemals erlaubt hat.

Binnen einer Woche hatten wir uns häuslich niedergelassen. Seltsamerweise - Mr. M. sagt, es sei nichts Ungewöhnliches bei Männern dieses Schlages, weil allein der Gedanke daran ihnen die Nähe des Todes stärker ins Bewußtsein rücke - hatte Sankey seit Collegezeiten kein Testament mehr gemacht. Damals, als er im Begriff war zu einer Reise nach Anatolien aufzubrechen, hatte sein Anwalt ihm geraten, für alle Fälle, um Schwierigkeiten zu vermeiden, ein kurzes Testament niederzlegen. Also hatte er einen Zettel bekritzelt und es vom Schuhputzer des Hotels und vom Empfangschef bezeugen lassen. Doch es war vollauf gültig, und der Anwalt hatte sich mit Mr. Millum in Verbindung gesetzt, um zu bestätigen, daß es vorliege, und ihn zu fragen, was er zu unternehmen gedenke, denn laut diesem Testament, dessen Vollstrecker der Anwalt war, war er als Alleinerbe eingesetzt.

So fügte es sich denn, daß Mr. Millum uns mitteilen konnte, wir könnten einziehen, sobald wir wollten, und ich muß sagen, ich empfand Mr. Millum durchaus als Gewinn.

Drei sind einer zuviel, heißt es. Doch trifft das nicht zu, wenn zwei, die zusammen leben, so grundverschieden sind wie Mr. M. und ich - der Wissenschaftler und der Künstler. Ich habe Mr. Millum immer den Bindestrich genannt, weil seine Talente, die vor allem diejenigen des Sammlers und Antiquars waren, so schön die beiden Extreme miteinander verknüpften, für die Mr. M. und ich standen. Bald bemerkte ich auch, daß er einen Spitznamen oder Titel für Mr. M. hatte. Er nannte ihn Mr. P. O. Als er sich angewöhnt hatte, das mit einiger Regelmäßigkeit zu tun, nahm ich ihn eines Tages, als Mr. M. nicht in der Nähe war, beiseite und fragte ihn, was das zu bedeuten habe - denn ich wollte nicht dafür ausgelacht werden, daß ich eine offene Anspielung oder etwas Naheliegendes nicht verstand.

»Bei den üblichen Abkürzungen mittels Großbuchstaben«, fügte ich noch hinzu, »ein Brauch, der mir mißfällt, der jedoch ganz nach dem Geschmack unserer alles aufs Buchstabieren reduzierenden heutigen Bürokraten zu sein scheint, steht P. O., soviel ich weiß, für *post office,* das Postwesen. Doch scheint mir das eine ausgesprochen unpassende Charakterisierung Mr. M.s zu sein. Denn das Postamt verteilt die Briefe und andere Informationen, die ihm zugehen. Ich könnte mir keinen schlechteren Empfänger für Informationen, die man verteilt wissen will, vorstellen als Mr. Mycrofts Verstand. Gewiß, sein Ohr vernimmt die meisten Dinge, doch sein Mund verrät uns weniger als selbst Elwin, der klassische Geizhals des achten Jahrhunderts.«

Ich fand, das war keine schlechte Eröffnung und machte deutlich genug, daß ich kein Dummkopf war, nur weil ich nicht wußte, was die Abkürzung bedeutete.

»Ja«, stimmte Mr. Millum mir höflich zu, »da bin ich ganz Ihrer Meinung, daß kein Vergleich für unseren ehrenwerten Freund unpassender sein könnte als derjenige mit dem *post office.* Und unter allen Ministersesseln wäre derjenige des Postministers wohl der letzte, den er wählen würde – obwohl ich sicher bin, daß wir, wenn er es täte, eine bessere Post hätten, denn ein vielseitigerer und kompetenterer Geist ist mir niemals begegnet.«

»Gewiß, gewiß«, unterbrach ich, »ich wäre der letzte, der seine Qualitäten leugnen wollte, und selbst der Mangel an Verständnis, den er bisweilen zeigt, ließe mich niemals die Schärfe seiner Einsichten zu anderen Zeiten geringschätzen. Doch wenn nicht *post office,* was bedeutet P. O. dann? Darum ging es mir.«

Diesmal zögerte Mr. Millum ein wenig länger, doch da er begriff, daß ich mich nicht abschütteln ließ, fuhr er fort: »Ich muß sagen, für mich ist es gut, daß Mr. Mycroft nicht der Mann ist, etwas zu verteilen, wie Sie es so trefflich formuliert haben. Sie werden verstehen, daß ich, dessen Leben in seinen und Ihren Händen liegt, es begrüße, daß er keinerlei Interesse hat, dies an die große Glocke zu hängen. Und seien Sie versichert, daß ich meine Schuld stets im Gedächtnis behalte. Ich weiß, daß Menschen, die so diskret sind, wie Sie es sind, die Diskretion oft so weit treiben, daß bestimmte Dinge nicht einmal untereinander zur Sprache kommen. Verzeihen Sie, daß ich davon spreche, doch ich dachte, da Sie mir nun einmal die Gelegenheit gegeben haben, könne ich sie auch nutzen.«

Bei alldem war mir ein wenig mulmig, um diesen lieben, altmodischen Ausdruck aus meiner Kindheit zu benutzen. So zog ich mich denn von gefährlichem Terrain zurück, indem ich meine Frage noch einmal wiederholte. »Doch wofür steht P. O. denn nun, wenn nicht für *post office?*«

Doch seine Antwort erhöhte meine Verlegenheit eher noch, als daß sie sie minderte, und ich bereute es, daß ich das Thema überhaupt aufgebracht hatte.

»P. O. steht für Probations-Offizier«, sagte er, »wie man einen Bewährungshelfer ja auch nennen könnte.«

Und mit noch ruhigerer Stimme fügte er, als er bemerkte, daß ich um eine Antwort verlegen war, hinzu: »Doch eigentlich gehen die beiden Buchstaben auf die lateinische Bezeichnung zurück. Diese beschreibt die Aufgabe noch treffender, die schwierige Aufgabe, die auszuführen dieser bemerkenswerte Mann nun seine Zeit opfert.«

Mehr sagte er nicht, und ich fühlte mich verpflichtet, aus Höflichkeit zu fragen: »Und wie lautet die lateinische Bezeichnung?«

Als er mir antwortete: *»pastor ovis«,* war ich nicht klüger als zuvor – ich habe mein Latein ein wenig einrosten lassen. Außerdem verspürte ich eine gewisse Erleichterung, daß ich es nicht wußte und so durch das behütet wurde, was jemand den Schutz vor dem Schock der Gefühle genannt hat, den die Unkenntnis einer alten Sprache bietet.

Ich fand es nicht notwendig zu sagen, daß ich es nicht verstand, und ich verbeugte mich und machte mich mit der Bemerkung: »Nun, das ist wohl treffend« davon, um ein gutes lateinisches Wörterbuch zu konsultieren, das sich im Hause befand.

Unkundig, wie ich in solch schwerer Lektüre bin, machte ich doch bald die beiden entscheidenden Worte ausfindig und begriff sofort, wie vernünftig – wie immer – meine Ahnung gewesen war, die mich gewarnt hatte, daß wir uns an der Schwelle zu etwas befanden, daß sich als geradezu sentimental hätte erweisen können, etwas, dem ich mit meinem natürlichen guten Geschmack stets mit der größten Abneigung begegnet bin. Ich will nicht sagen, daß dergleichen tatsächlich Schaden anrichtet, wenn es jemandem hilft und wenn dieser Jemand, wie es dem armen Mr. Millum geschehen war, in eine Lage kommt, in der man sich in den Händen eines anderen findet, so verläßlich diese Hände auch sein mögen. Wenn Mr. Millum sich in einem Pferch sicherer fühlte, dann war das seine eigene Sache. Schließlich lebte es sich in einem solchen

Pferch besser als in dem, was man in einschlägigen Kreisen das ›Loch‹ nennt. Und da er eines von beiden wählen mußte, kann ich natürlich die Wahl nur gutheißen, die er traf. Gewiß waren Mr. M.s ›Stecken und Stab‹ weitaus angenehmer als der Schlagstock eines Aufsehers. Doch mag Mr. Millum auch meinen, daß die Rolle des erfolgreich gebleichten schwarzen Schafes ihm stehe, so ist sie mit Sicherheit nicht die meine. Ob schwarz oder weiß oder ein bezauberndes Grau mit braunen Einsprengseln, ich möchte in diesem Trio weder der Heldenverehrer sein noch der bekehrte Wüstling, sondern das unschuldige Lamm.

Doch will ich nicht auf einer so kleinlichen Note enden. Sowohl der Sommer als auch unser Trio erwiesen sich als höchst angenehm. Millum konnte alle Metaphysik, nach der ihm das Herz stand, mit Mr. M. bereden, und er tat es auch, und wenn er seine Seele erleichtert und der Meister sich zu seinen endlosen Studien zurückgezogen hatte, Studien über das, was Menschen alles tun, was für ein Durcheinander sie damit anrichten und wie schön es sein könnte, wenn sie täten, was sie tun sollten, was sie aber niemals tun werden, dann kam Mr. Millum zu mir, und mit mir unterhielt er sich über konkrete Dinge. Ich stellte fest, daß er wunderbar wohlinformiert über das war, was ich mittlerweile meine Epoche nannte, und er war stets bereit, mir bei der Ordnung der Materialien für mein Opus zu helfen und selbst weitere hinzuzufügen.

Während die Tage verstrichen und dies bemerkenswerte Werk unter meinen Händen wuchs, konnte ich mich des Eindrucks nicht erwehren, daß es nun nicht mehr lange dauern werde, bis man den ganzen kuriosen Kriminalfall in seiner wirklichen Bedeutung erkennen würde. Am Ende wird er dastehen als der zufällige und spektakuläre Anlaß, der Auslöser zur Entstehung jener definitiven Studie *1760, der einsame Gipfel der britischen Kultur* von Sidney Silchester. Ich denke mir, da ich gedenke, das Werk in einer Type aus selbigem Jahre drucken zu lassen, um zu zeigen, daß wir jene Epoche nicht einmal in der Druckunst überflügeln können, werde ich mich dem guten Brauch jener Zeit nicht verschließen und die Bezeichnung meiner Stellung, wie es sich gehört, auf Latein hinzufügen – *armiger*. Wenn Mr. Mycroft es so sehen will, darf er es als Kompliment verstehen, ein weitaus einfühlsameres, als P. O. genannt zu werden! Denn dann mag er sich ausmalen, und ich werde so höflich sein, ihm nicht zu widersprechen, er sei der Ritter - wenn er auch in manchem an den Weißen Ritter gemahnt - und ich sein Schildknappe.

Nachwort

Holmesiana nennen Liebhaber und Sammler Werke, die in Geist, Wort und Tat dem Muster des unsterblichen Trios folgen: Holmes, dem größten Detektiv aller Zeiten, John Watson, M. D., seinem treuen und biederen Adlatus und Chronisten, und Sir Arthur Conan Doyle (1859–1930), der Dr. Watsons literarischer Agent war und als solcher versehentlich auf die Titelblätter geriet. Dies ist jedenfalls bis heute die offizielle Meinung der solchen Holmesiana zugetanen *holmesians,* die durchaus bereit sind, für ihr Steckenpferd tief in die Tasche zu greifen: In diesen Tagen – Ende Juli 1995 – wird bei Sotheby's in London eine umfassende Sammlung von Kuriosa um den Meisterdetektiv zu einem Schätzpreis von mehr als 150 000 DM angeboten. Aber dem wahren *holmesian* hat es meist nicht genügt, solche Werke zu lesen und zu sammeln, sondern er ist auch emsig bemüht, diese kostbaren Schätze zu vermehren. Von je haben das – im Wortsinne wie übertragen – scharfe Profil des Meisterdetektivs und die nicht minder klaren Konturen der von ihm berichtenden Geschichten Kenner, Kritiker und Historiker des Genres herausgefordert, sich selbst einmal an einer solchen Geschichte zu versuchen. Bis 1980, als nach britischen Gesetzen 50 Jahre nach Doyles Tod das Copyright erlosch, hatte dies unter der Hand zu geschehen, und die »Pastiches« oder »Pasticcios«, wie man solche Übungen in der Kunstgeschichte nennt, bei der man »die Manier eines großen Meisters täuschend nachahmt« und die »daher leicht für ein Original gehalten werden« können (Spemanns Kunstlexikon 1905), mußten als vornehme Privatdrucke erscheinen, die man als Rarissimum seinen und des Meisters

Freunden zum Geschenk machte. Ausnahmen bildeten da nur Werke, bei denen man sich mit Doyles Erben hinsichtlich der Tantiemen verständigte, so daß diese schon vor 1980 die öffentliche Benutzung des Namens gestatteten (s. Ellery Queen, »Sherlock Holmes & Jack the Ripper«, DuMont's Kriminal-Bibliothek Band 1017).

Der britische Schriftsteller und spätere Wahlamerikaner Henry Fitzgerald Heard (1889–1971) beschritt da einen eigenen, und, wie ich meine, originelleren Weg: Er läßt einen misanthropischen und egomanischen Sonderling namens Sidney Silchester auf einen alten Herrn stoßen, der in allen Einzelheiten dem alten Sherlock Holmes im Ruhestand entspricht - ohne daß der Name je fiele. Allerdings ist »Mr. Mycroft«, wie der Bienenzüchter von Sussex sich nennt, auch ein sprechender Name, ist es doch der von Sherlocks noch genialerem Bruder, den selbst der Meisterdetektiv in schwierigen Fällen zu Rate zieht. Natürlich ist Mr. Mycroft nicht dieser Mycroft Holmes, denn der ist im Gegensatz zur asketischen Drahtigkeit des Doyleschen Holmes und des Heardschen Mr. Mycroft eine schwerfällige, massige Erscheinung. Am Ende lüftet Heards Held sogar sein Pseudonym, hinter das der Leser längst gekommen ist, doch der unfreiwillig zum Nachfolger Watsons gewordene Silchester hat diesen Namen noch nie gehört und bis zur Niederschrift seines Berichts längst wieder vergessen. Und da ist der große Detektiv alias Mr. Mycroft zum ersten und einzigen Mal verblüfft ... (»Die Honigfalle«, DuMont's Kriminal-Bibliothek Band 1009).

Das Genre, das Heard für seinen Erstling von 1941 gewählt hat, behält er auch in den beiden folgenden Werken der Mycroft-Trilogie bei: Während die »Pastiches« anderer Autoren die von Doyle überwiegend gewählte Kurzgeschichte pflegen, nimmt Heard die vier Kurzromane zu seinem Muster. Im nur ein Jahr später erschienenen Werk »Anlage Freiumschlag« (DuMont's Kriminal-Bibliothek Band 1023) tritt Mr. Mycroft bereits wieder als internationale Berühmtheit auf, die auf Drängen höchster Kreise das beschauliche Bienenzüchterdasein in Sussex verlassen hat, um nicht mehr und nicht weniger zu tun, als die Welt zu retten, und wieder wird Silchester unfreiwillig zu seinem Watson, seinem Gefährten und Chronisten.

Im letzten Band (»The Notched Hairpin«, 1949) erreicht Heard die größte Nähe zum originalen Holmes-Corpus, die zugleich aber auf eine eigentümliche Weise gebrochen erscheint. Silchester ist nun endgültig zum Watson geworden, lebt mit Mycroft in einer kleinen Londoner Wohnung, und Mycroft ist, wie sein früheres Ich, von Beruf wieder *consulting detective,* d. h. ein Superdetektiv, an den sich Kollegen wenden, wenn sie mit ihrem Latein am Ende sind. Die das Doyle-Watson-Holmes-Corpus durchziehenden Dialoge, bei denen Holmes seine Superiorität demonstriert, sind zu ebenso »üblichen Silchester-Mycroft-Streitereien« geworden. Andererseits stellt ausgerechnet Mycroft selbst die Identität mit Holmes in Frage, wenn er, allerdings wieder ohne den Namen zu nennen, behauptet, sein großer Vorgänger habe mit seiner Behauptung, jeden Tabak an seiner Asche zu erkennen, wohl etwas übertrieben. Im letzten Band der Trilogie beginnt das Spiel mit dem Leser hinsichtlich der Identität Mycroft-Holmes – und es ist in allen drei Bänden der Leser, der Heards Partner in diesem Spiel ist – sich selbst aufzuheben, da es gerade Zigarettenasche ist, die Mycroft zu einem der entscheidenden Clues wird.

Ein Clue ist so etwas wie ein Indiz, und der englische Begriff kommt vom Wollknäuel, vom Faden der Ariadne, der Theseus einst aus dem Labyrinth führte. Zunächst aber, und darauf hat Richard Alewyn, einer der ersten Erforscher des Detektivromans, hingewiesen, führt dies »Knäuel« in das Labyrinth hinein: Meist unscheinbare Hinweise sind es, die den Detektiv etwas hinter einer Oberfläche ahnen lassen, die für alle andern glatt und geschlossen wirkt.

Mit einem solchen Clue – genauer gesagt, sind es für Mycroft drei – beginnt auch unser Fall: Holmes wird vom intelligenten, sensiblen, kunstliebenden Inspector Sark eine Haarnadel aus der Renaissance geschickt, mit der soeben ein Mann getötet wurde. Er untersucht sie – hier ganz Sherlock Holmes – zunächst mit der Lupe, dann mit dem Mikroskop und entschließt sich dann zu einer der plötzlichen Exkursionen zum Tatort, an die sich Silchester wie einst sein Vorgänger Watson gewöhnt hat. Sark will von Mycroft nur die Bestätigung, daß er den Fall getrost als Selbstmord abschließen kann: Ein alternder Misanthrop, in einer Laube in seinem Garten sitzend, den niemand - wie Sark mit einer für Romanpolizisten ungewöhnlichen Genialität demonstriert - betreten haben kann, wird mit der Haarnadel im Herzen, auf der nur seine eigenen Fingerabdrücke sind, aufgefunden, und vor ihm liegt ein Buch über einen antiken Selbstmord mit einem Dolch. Es kann nur Selbstmord gewesen sein, und Mycroft bestätigt dem Inspector gerne, daß er den Fall getrost abschließen kann.

Dies hindert ihn jedoch nicht, aufgrund der Haarnadel, die ihm unter dem Mikroskop zum Geheimnis geworden ist, selbst den Tatort und seine Umgebung zu untersuchen. Was er am Ende wortwörtlich auf den Tisch legt, sind die Haarnadel, ein Drahtspanner, wie ihn Dachdecker brauchen, eine alte Stahlfeder und ein Zweig von der kurz vor der Tat getrimmten Laube. Als er diese kuriose Sammlung, die Silchester nur an einen Aborigine-Zauber denken läßt, einem von ihm offensichtlich Verdächtigten präsentiert, legt dieser ein Geständnis ab.

Das Buch ist sehr klar gegliedert: Auf die kurze Exposition »Die Backsteinzwillinge« folgt unter »Des Inspektors ›Wer‹« die Demonstration der Selbstmord-These, verbunden damit jedoch auch Mycrofts eigene Beobachtungen, die ihn tiefer blicken und die Untersuchungen fortsetzen lassen. In »Mr. Millums ›Warum‹« werden sodann - wie auch häufig in den echten Holmes-Geschichten - die tief in die Vergangenheit zurückreichenden Motive offengelegt, und unter »Mr. Mycrofts ›Wie‹« verbirgt sich nichts anderes als die gattungstypische Schlußerörterung des Detektivs, wann und wie er mit Hilfe welcher Clues in das Labyrinth hinein- und wieder herausgefunden hat.

Das Buch, bei dem der Täter relativ schnell gefunden wird, bezieht eben aus diesem Aufbau seinen Reiz: Silchester erzählt uns die ihm sichtbare und zugleich verborgen bleibende Außenseite von Mycrofts Aktivitäten, während Mycroft selbst ihre Innenseite, seine an den Clues geleistete Detektionsarbeit offenlegt, die der seines Vorbilds gleicht und sie sogar noch übertrifft. Und noch in einem weiteren Zug bestätigt Mycroft sich als legitime Reinkarnation des Größten der Großen: Es geht ihm nicht um Rache und Strafe, es geht ihm um die Wahrheit und mehr noch um die künstlerische Vollkommenheit seines Tuns. Als er den Täter in seinem Netz gefangen hat - nicht umsonst bezeichnet er Spinnen einmal als Kollegen -, bringt er ihn nicht etwa zur Strecke, sondern zeigt Verständnis dafür, in welche Verstrickungen ein Sterblicher geraten kann. Dem geständigen Täter-Opfer gegenüber wird er zum Bewährungshelfer, zum guten Hirten, ja zum Freund. Genau so schloß einst Holmes seine Ermittlungen im »Geheimnis von Boscombe Valley« ab, als er den Täter mit den Worten laufen ließ: »Es ist allein Gottes Gnade zu verdanken, daß dort nicht Sherlock Holmes geht.« Und wie einst Watson einen Nachruf auf Holmes mit den Worten schloß, er sei der klügste, beste, weiseste und gütigste Mensch gewesen, den er je gekannt habe, so ist auch der eitle Sidney Silchester am Ende damit zufrieden, Mycrofts Schildknappe gewesen zu sein.

Volker Neuhaus

DUMONT's Kriminal-Bibliothek

»Knarrende Geheimtüren, verwirrende Mordserien, schaurige Familienlegenden und, nicht zu vergessen, beherzte Helden (und bemerkenswert viele Heldinnen) sind die Zutaten, die die Lektüre der DUMONT's ›Kriminal-Bibliothek‹ zu einem Lese- und Schmökervergnügen machen. Der besondere Reiz dieser Krimi-Serie liegt in der Präsentation von hierzulande meist noch unbekannten anglo-amerikanischen Autoren, die mit repräsentativen Werken (in ausgezeichneter Übersetzung) vorgelegt werden.«

Neue Presse/Hannover

Band 1024	C. W. Grafton	**Das Wasser löscht das Feuer nicht**
Band 1025	Anne Perry	**Callander Square**
Band 1026	Josephine Tey	**Die verfolgte Unschuld**
Band 1027	John Dickson Carr	**Die Schädelburg**
Band 1028	Leslie Thomas	**Dangerous Davies, der letzte Detektiv**
Band 1029	S. S. van Dine	**Der Mordfall Greene**
Band 1030	Timothy Holme	**Tod in Verona**
Band 1031	Charlotte MacLeod	**»Der Kater läßt das Mausen nicht«**
Band 1032	Phoebe Atwood Taylor	**Wer gern in Freuden lebt . . .**
Band 1033	Anne Perry	**Nachts am Paragon Walk**
Band 1034	John Dickson Carr	**Fünf tödliche Schachteln**
Band 1035	Charlotte MacLeod	**Madam Wilkins' Palazzo**
Band 1036	Josephine Tey	**Wie ein Hauch im Wind**
Band 1037	Charlotte MacLeod	**Der Spiegel aus Bilbao**
Band 1038	Patricia Moyes	**». . . daß Mord nur noch ein Hirngespinst«**
Band 1039	Timothy Holme	**Satan und das Dolce Vita**
Band 1040	Ellery Queen	**Der Sarg des Griechen**
Band 1041	Charlotte MacLeod	**Kabeljau und Kaviar**
Band 1042	John Dickson Carr	**Der verschlossene Raum**
Band 1043	Robert Robinson	**Die toten Professoren**
Band 1044	Anne Perry	**Rutland Place**
Band 1045	Leslie Thomas	**Dangerous Davies . . . Bis über beide Ohren**
Band 1046	Charlotte MacLeod	**»Stille Teiche gründen tief«**
Band 1047	Stanley Ellin	**Der Mann aus dem Nichts**
Band 1048	Timothy Holme	**Morde in Assisi**
Band 1049	Michael Innes	**Zuviel Licht im Dunkel**
Band 1050	Anne Perry	**Tod in Devil's Acre**
Band 1051	Phoebe Atwood Taylor	**Mit dem linken Bein**
Band 1052	Charlotte MacLeod	**Ein schlichter alter Mann**
Band 1053	Lee Martin	**Ein zu normaler Mord**
Band 1054	Timothy Holme	**Der See des plötzlichen Todes**
Band 1055	Lee Martin	**Das Komplott der Unbekannten**
Band 1056	Henry Fitzgerald Heard	**Das Geheimnis der Haarnadel**

Band 1023

Henry Fitzgerald Heard

Anlage: Freiumschlag

Sidney Silchester führt ein ruhiges, beschauliches Leben. Seine Leidenschaft ist zugleich sein Beruf: Er entschlüsselt chiffrierte Nachrichten. Eine überaus interessante Aufgabe wird ihm von dem mysteriösen Mr. Intil übertragen. Da Silchester den Text nicht alleine dekodieren kann, bittet er seine Kollegin Miss Brown um Hilfe. Wie soll er auch ahnen, daß er sie beide in tödliche Gefahr bringt ... So beginnt ein höchst abenteuerlicher Kriminalfall, der nur zu lösen ist mit Hilfe eines Mannes, der mit Spürsinn und erstaunlichen Fachkenntnissen in den ausgefallensten Bereichen selbst dem genialsten Übeltäter ein ebenbürtiger Gegner ist. Auch wenn Sidney Silchester, der die Rolle des getreuen, begriffsstutzigen Dr. Watson spielt, es nicht bemerkt: Sherlock Holmes hat sich keineswegs zur Ruhe gesetzt!

Band 1055

Lee Martin

Das Komplott der Unbekannten

Deb Ralston entdeckt beim Joggen die Leiche einer hochschwangeren Frau in einem Wassergraben. Da sie die erste Detektivin am Ort ist, wird sie mit der Lösung des Falles beauftragt. Sie stellt bald fest, daß es schon seit einiger Zeit in ihrem und den benachbarten Countys und Staaten eine ganze Reihe von Vermißtenmeldungen schwangerer Frauen gibt, die ebenso wie ihre Babys verschollen bleiben. So setzt sich in ihr der Verdacht fest, daß dieser Mord ebenso wie das Verschwinden der Schwangeren etwas mit dem schwunghaften Handel mit illegalen Adoptivkindern zu tun haben könnte. Aber bald nehmen die Mörder auch sie und ihren Sohn aufs Korn…

Band 1053

Lee Martin

Ein zu normaler Mord

Die Polizistin Deb Ralston soll den grausamen Mord an vier Erwachsenen und einem Kleinkind aufklären. Am Tatort wird Olead festgenommen, der einzige Überlebende der Familie. Er beteuert zwar seine Unschuld, doch sprechen alle Indizien wie seine frühere Gewalttätigkeit und der Verdacht auf Schizophrenie gegen ihn. Auch Deb Ralston glaubt an seine Schuld, doch sie läßt sich von Olead zu genaueren Nachforschungen überreden – und sei es nur, um für den Mordprozeß noch handfeste Beweise ans Tageslicht zu bringen. Ihre Ermittlungen werfen schon bald ein düsteres Licht auf die Ermordeten …

Band 1054

Timothy Holme

Der See des plötzlichen Todes

Commissario Achille Peroni, der Rudolfo Valentino der italienischen Polizei, wird von der hübschen Cordelia auf dem Gardasee zum Segeln mitgenommen. Zwischen ihnen bahnt sich eine zarte Beziehung an, die jäh endet, als Cordelia ertrunken aufgefunden wird. Um einen Unfall, davon ist Peroni überzeugt, kann es sich nicht gehandelt haben. Peronis emotionale Verstrickung in den Fall, die Tatsache, daß er in dieser Gegend – wieder einmal – keinerlei Amtsbefugnisse hat, ominöse Gerüchte um eine angebliche Korrespondenz zwischen Churchill und Mussolini und um einen versunkenen Goldschatz des Duce erleichtern Peroni die Aufklärung des Falles nicht.

Band 1052

Charlotte MacLeod

Ein schlichter alter Mann

Tante Emma Kelling hat keinen Feind auf der Welt. Doch sie besitzt »Ernestina«, ein wertvolles altes Portrait, das sie zusammen mit ihrer Villa Pleasaunce geerbt hat, und sie inszeniert mit Leidenschaft Musicals von Gilbert & Sullivan. Ihre Nichte Sarah Kelling Bittersohn, ihres Zeichens Amateurdetektivin und Bostoner Intellektuelle, ist vor Ort, als »Ernestina« verschwindet und Charlie Daventer, der »schlichte alte Mann« aus der diesjährigen Aufführung des »Hexers« von Gilbert & Sullivan, bei einem Unfall ums Leben kommt. Eine scheinbar bedeutungslose Notiz überzeugt Sarah, daß jemand bei Charlies Abgang nachgeholfen hat …

Band 1051

Phoebe Atwood Taylor

Mit dem linken Bein

Leonidas Witherall, Lehrer für englische Literatur und bekannter Shakespeare-Experte, soll eine alte Ausgabe des Dichters prüfen, die sich jedoch schnell als billige Fälschung erweist. Damit nicht genug, wird Leonidas auf der Heimfahrt im Bus auch noch in einen Streit mit einer jungen Frau verwickelt, so daß der verärgerte Busfahrer ihn kurzerhand – ohne Gepäck – auf die Straße setzt. Als ihm die Frau aus dem Bus nachsetzt, macht Leonidas sich völlig entnervt auf die Flucht und stolpert – in einen Mordfall. Neben dem Opfer liegen Leonidas' Gummischlappen aus dem Bus, und dem Leichnam fehlt das linke Bein …